U0538476

止微室談詩 被獵

秀實 著

目次

序文
隱藏的風景／白靈／006
被狩獵者及其面相／吳長青／020

台灣篇
被狩獵──序林煥彰詩集《玉兔・金兔・銀兔》／026
誰此時寂寞，就永遠寂寞──讀晉立詩集《寂寞外傳》／033
我不在喀什米爾，就在飛往喀什米爾的路上
──讀喜菡詩與攝影集《鳥族與鳥族的喀什米爾旅行》／040
詩歌櫥窗裡的珍珠項鏈──談喬林詩集《基督的臉》／047
銅錢的正與反，誰勝誰負──談馬祖藝術家劉梅玉的畫與詩／055

大陸篇

述說的和諧與相斥——紫凌兒詩歌的語言析述／062

多重二元對立的述說
——讀楊運菊散文詩〈第三隻豹的自述〉／071

移調：日常語言到詩歌語言的交替
——沙克詩集《向裡面飛》「中輯：漂流瓶」詩作析論／078

述說的獨斷——讀龔學敏詩〈在成都〉／083

借殼技法與僭建語言——略析郭金牛詩〈黃泉雜貨鋪〉／090

詩歌裡的萬綠湖——一荷詩略議／099

口述與書寫，瞬間與悠長——談王東岳詩〈逝去〉／106

港澳與海外篇

語言與詩意，反與不反——鷗外鷗詩作漫議／112

李藏壁詩的港味／131

消失吧，科倫娜——蘇鳳詩集《2020封城》讀後／140

後記

詩歌語言營造幽暗之地／秀實／146

附錄／151

序文

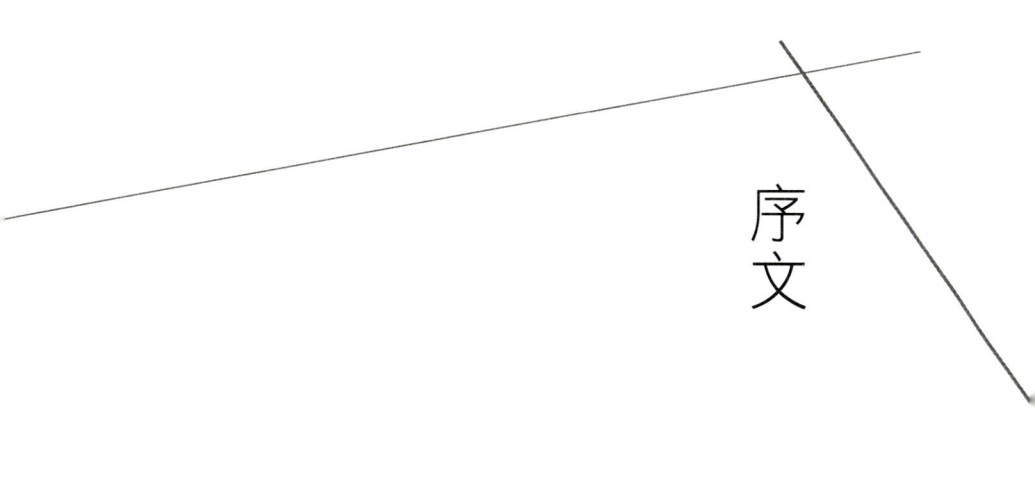

隱藏的風景

白靈

　　秀實是當代漢語詩人中的遊俠，特立獨行，從不服誰管，厭惡主流和邊界，出沒無常，從不按牌理出牌，今日忽焉在此，明日忽焉在彼。但論起詩之視野、詩友交遊、或對詩之見識，其幅面縱深寬廣，華人新詩界中恐少出其右者。

　　做為一位香港詩人和詩評家，由於所處地理位置特殊、歷史命運多舛，其子民的眼光所觸從來就不只是香港，這使得秀實的行止和心胸自始即不拘泥一地一域，既有種特殊的不安和未定飄忽感、又有種可超然抽離自身之外的悠遊和自在。以是其行事作為從不按牌理出牌，並不在乎主流或所謂專家批評家的看法，在其自由意志的驅使下，只行其所當行、寫其所當寫、評其所當評、乃至編其所當編。以是多年下來，詩集論集編纂詩選和刊物甚多，影響力日漸旺盛。

其眼光之特別，可先以2022年他與余境熹合編的《當代台灣新詩選》為例，所選61位詩人即大出一般主流觀點之外。秀實並言明在先，要選的是「從來進入不了台灣詩選的詩人」、「具實力卻被人刻意忽略的詩人」，卻是「重要的碎片」，唯如此選才足以讓「當下的面貌更能完整的呈現」。另一主編余境熹則說「社交之『貧』」，「把一部分好作家摒出了選本的界閾」，編此選集正是想另出新意，「提供些『隔籬』的風光」供愛詩人參照，而這分明是與台灣主流詩壇對著幹，根本「不同意」、「不滿」、乃至是對2020年蕭蕭所編《新世紀20年詩選》（2001-2020）選入之60位「新世紀的二十年，重要的六十位詩人」的名單投下「不信任」票，因此上述二部選集名單相同者竟僅14位，且秀余本選了21位約三分之一的女詩人，蕭蕭選12位只佔五分之一，女詩人名單中也僅陳育虹、葉莎兩位重疊，等於秀余本竟挖出了多達19位女性詩人，這是極為可觀的「女力挖掘工程」。

於此我們即可端詳出秀實眼光的特別、一種有意規避所謂主流的個人風格了，這無疑也讓漢語詩壇多「打亮」了些被忽略或隱藏版的風景，這種「工程」是更費心力和更耗精神的搜尋工夫，卻似乎是秀實的「別具慧眼」、乃至「天生反骨」的展現。

此種特別的眼光在他的「止微室談詩」系列中更易窺見，自2016年起，已出版《為詩一辯》、《畫龍逐鹿》、《望穿秋水》、

《賞花賞詩》、《幽暗之地》等五冊後，包括如今這第六本《被狩獵》，內容大多是分三輯：「台灣篇」、「大陸篇」、「港澳與海外篇」的三分法，有時海外篇頂多再註明「東南亞」或「新加坡」等，有意將三區域所論詩人等量齊觀，並使之相互競比，這是過去漢語詩壇評論家所未嘗試過也極難做到的，此種評論形式和內容形成了此六冊談詩系列極大的特色。

秀實除了喜好「為人所難為」，也常常「為人所不為」，除了挖掘主流詩壇根本就忽視、「看不到的新人」外，他更常常「考古」、去尋找詩壇「已遺忘的舊人」，大膽書寫「另類議論」。茲舉此集中「台灣篇」的一例，輯中除寫林煥彰、喜菡、喬林、劉梅玉等，較為人所熟悉外，他特別推介了早年寫詩後已停筆的一位詩人晉立（1964-），寫了〈誰此時寂寞，就永遠寂寞──讀晉立詩集《寂寞外傳》〉一文，此詩集出版於1989年晉立25歲時，有侯文詠和陳一郎的序、和張國治的跋，秀實舉其喜歡的〈四月七日星期五　孤獨〉一詩的兩行：

> 月光把我停格成一任意形狀
> 張口的，瓶

還說「初讀極其震撼，再讀悲從中來。單單這兩行，便足使晉

立的名字留在台灣新詩史上」,此斷言甚為大膽,但又舉甚多好詩例做為佐證,足見其偏好和不吝「考古」予以大力推薦,也為兩人相見恨晚備感唏噓。二人會面時晉立「華年已接近六十」,秀實為其「懷才不遇」而興嘆,又說既「選擇了詩,之後無論何往,將永遠的寂寞下去!」這是秀實的詩話文章可愛又可讀的地方。

再舉「大陸篇」的一例,此輯除寫知名的龔學敏、沙克、郭金牛、王東岳等外,楊運菊、紫凌兒就較陌生,而一荷更應像新人,秀實也不吝揮筆推介,如「這個和風細雨的初見／便是我整個唐朝」、「人群中我只對你看了一眼／就像整個春天／我只贈了你一枝桃花／不能再多／再多一枝／乍洩的春光就會爭先恐後的鑽出來／次第開放」(〈一枝桃花〉),說她的詩「醮飽情懷」、「既是抒情,也是一種生存狀況」的展現,其細微處使詩句有機會成為「超越時空的存在」。又如「您記得土地長出的每一種草木／卻唯獨不認識我」(〈春天的藥方〉)既寫對母親的愛卻在「淡泊的文字背後是濃厚的哀傷」。另如〈老師的表達〉:

紅領巾,白球鞋,藍校服
空氣清新,紙鳶高飛,布穀歡叫
具體到一個人

比如三班的小芳
齊劉海，長辮子，嬰兒臉
她舉起小手敬出標準的隊禮

再比如五班楊柳青
放學了，她一個人在丁香樹下徘徊
只因為老師說過丁香暗喻老師的品質

我沉默地坐在窗前
欲把知識長河寫在黑板上
一直寫下去

　　秀實說「一荷讓自己置身於學童中，親切感受，才能寫出如斯清新脫俗之作」將「一位平凡教師的教學絮語」、「折射出時代的影子」。最後再歸結出秀實的詩觀：「題材並不在大小，關鍵是詩人在處理個人經驗時，能否開啟閘門進入時代的『公共空間』裡去」，以此印證出：「把自己置身空間裡，最終也把自己置身於文字中，這是詩人一荷的詩歌特色」。所以讀秀實的一系列詩評，也等於在作一場場詩創作手法的教學（比如此文中起初關於「文字關」、「技法關」到「生活關」再到「悟關」的說法），愛詩人當

受益無窮。

　　此集中寫得最精彩的應是「港澳與海外篇」,秀實雖只論及鷗外鷗、李藏壁、蘇鳳三人,但引的詩篇常舉全文且份量明顯偏多,站在香港詩人一員的立場,理當如此,尤其是〈語言與詩意,反與不反——鷗外鷗詩作漫議〉一文,幾乎是傾全力勇赴。文章說鷗外鷗(1911-1995)「是三、四十年代相當出眾的粵港詩人,風格類乎超現實主義及未來主義,論現代感,則遠遠超過他的同代詩人」,並說「鷗外鷗的詩歌常見混搭了『生活語言』、『學術語言』、『詩歌語言』而成,大致均能融合不抵觸」。此文分三節,首先以「鷗外鷗與劉火子」兩位同代詩人的詩風做初步比較,「劉火子詩歌傳統而寫實,鷗外鷗則西化而現代」,說後者受象徵派「混語寫作」和未來主義「視覺美學」思潮影響,其詩歌「具強烈的實驗性」。第二節論「鷗外鷗的詩歌語言」,說「鷗外鷗是個時宜不合的詩人,以致其詩歌長時期處於一個幽暗之地,鮮為人注目」,為其打抱不平,尤其對2007年香港中文大學文學科研究所出版,黃繼持、盧瑋鑾、鄭樹森等主編,自稱「作為一系列整理五六十年代香港文學的研究,可說是一項發掘藏匿者的工作」的《香港新詩選1948-1969》一書中,「並無鷗外鷗的名字其中,明顯是一個疏忽」,此文顯然要還原鷗外鷗的重要性。並說2003年嶺南大學人文學科研究中心出版、陳智德編的《三、四〇年代香港詩選》中

收錄五首詩就稍公允，秀實一一列舉並解析論述，分別是：〈軍港星加坡的牆〉、〈狹窄的研究〉、〈和平的礎石〉、〈禮拜日〉、〈文明人的天職〉，尤其是〈和平的礎石〉一詩三節28行，乃以第十五任港督梅含理爵士（任期1912.7-1919.9）的雕像為題材，「詩深具技法與布局」。秀實抽絲剝繭，用「A在大理石座上」提出第15行「日夕踞坐在花崗石上永久地支著腮」，到「B銅像」，舉第10行「金屬了的總督」及第17行「生上了銅綠的苔蘚了——」，再到「C與著名雕塑羅丹沉思者的形象相似」，提及第4行「從此以手支住了腮了」及第26行「手永遠支住了腮的總督」，得出「詩人對殖民統治者是蔑視的」結論（詳見秀實本書原文）。並說「金屬了的總督」「肺病的海空」「銀的翅膀」等句，「變改了詞語的本質」，此種語境「具有當時現代派詩歌的外在標記」。此詩憑實而論，現代感及嘲諷性十足，甚能與50、60年代的台灣詩人奮勇追求現代主義的作品做個對比乃至一競高下。

　　秀實又以〈禮拜日〉為例，說此詩把教會背後的「神父」拉到台前，具有「諷喻揶揄」之意，再以〈文明人的天職〉為例說「此詩揭穿了英國紳士面具背後的偽善與民族優越感」，且「認為這種與時代密切相關的作品，必得置於當日獨特的時空去解讀」，才能深刻體認香港百姓當年所受的屈辱。秀實並以自己經驗為證：

遲至五、六十年代，英國人對香港的霸凌行徑仍光天化日下地施行，那是我的童年時代。在彌敦道上，警察會把越過他前面的市民拉回後方。豉油街上，洋警司領著四、五個同僚在大牌檔大吃大喝不付錢。山東街賣西瓜的老小販被手鐐鎖在欄杆上。其對當時香港人的欺壓甚是平常。帝國主義殖民者對殖民地人民的欺壓與迫害自是慣見平常。那個時代，洋人的寵物狗的確比一個香港老百姓來得矜貴。

此篇並對香港作家洪慧在其〈國族情感勒索〉一文中論及此詩說：「〈文明人的天職〉全詩極為偏頗，甚至到了不能卒讀的地步。」說洪之文章「最後歸結到本土性寫作的議題」是謬論，秀實大加批判：「此文既曲解詩意，復對本土詩歌有嚴重的偏差認知」，顯然彼此論詩立場有極大差距。

秀實此長文第三節則歸納為「三反乎：反詩歌、反詩意、反抒情」，就舉更多小詩例為其辯解，說鷗外鷗「那些類近吶喊而毫不掩飾的句子，不成為詩人創作上的缺失或瑕疵，而是詩人詩觀的實踐」，且也「有的小詩，與其廣為人知的那些作品截然不同，接近於抒情小調，有濃厚的詩意美」，而「知性詩風」其實是反抒情的作品藝術特色，並以其〈愛情乘了BUS〉為例，正是具有「批判寫實而非浪漫之作」。

末了秀實以感性的筆調向鷗外鷗致敬：

香港詩歌的源頭上，曾經有一隻羽毛雪白閃亮的鷗子站立在鷗群之外，好比「驀然回首，那人卻在燈火闌柵處」所描摹那樣。這只離群索居的鷗子，是詩人鷗外鷗。在當今浮躁的詩壇裡，被消失又被發現，而最終會永恆地向寂靜飛去。

閱覽秀實的這本書是過癮的，可以反覆翻讀再三。比如對此書主標題「被狩獵」不解的，讀了他論及林煥彰兔年詩畫集時所說的「我們能夠把握著的並不很多⋯⋯世間的許多事不知也無妨，許多地不去也無妨，許多人不認識也無妨，如是許多題材不寫也無妨。那時心境迥然有異，和風麗日，擇一株適宜的樹樁，端坐下來，任風輕拂，任落葉沾衣，而偶有兔子不慎誤觸樹樁，才順手撿起」，他欣賞這種「守株待兔」「被狩獵」的生活，靜觀萬物而不爭不競不求，恐也是秀實近年心境的寫照。以是，這一本詩話或評詩之作，就常有人生諸多感悟如「隱藏的風景」偶現其中，尤其是他一生出入詩國數十載的觀察乃至「心法」莫不穿梭於此書行文中，茲抄錄數例以供愛詩人參酌：

1. 光影較之色彩更容易接近真相，猶如詩較修辭更接近真相。

2. 面對紛紜變幻的世相，文字是一種抵抗而非妥協。
3. 詩歌的敘事不同於其他，文字不宜掩蓋全部的意義。寫詩如裁衣，不能相體而裁，尺碼要極節約，足襟見肘，把某些「肉體」袒露出來，讓讀者有遐想的空間，如此方為上品。
4. 我一直以為，詩較之其他藝術，走得更遠，這就是我們常說的「詩與遠方」。
5. 「繁複」才能應對當下世相，也才有質素更高的藝術性，這便即「婕詩派」主張繁複句子的原因。世相本來就不是簡單的黑暗與光明的「二元」存在，其間有無數的「第三者」，詩人以繁複句子書寫第三者的真相，成就佳作，「抵抗」世俗。
6. 詩壇也是如此，嬉遊者眾多，真正的泳手極少。五百個寫詩者中，重重圍困著一個優秀的詩人。而更為不幸的，我們評論的精力幾乎都花在論述「嬉遊者」上。這是一個「泳手」被湮沒的時代。作為某種意義上的真詩人，絕對是孤寂的。
7. 優秀詩人總是對語言瞭然與斟酌，遠遠高於大多數。拈起與放下間，盡見詩人綿密的心思。
8. 詩歌具有了「類小說」的情節感。這是散文詩藝術探索的方向之一。
9. 人的思維會在不自覺中陷入二元對立的泥沼，而其實在兩元

的內外，有無限可能的第三者在場。而這個第三者，許多時是潛伏著的，需要詩人挖出來。

10. 角色的性質來分辨「散文詩與微型小說」的不同。散文詩的述說角色即詩人自身的投影，而微型小說不是。

11. 優秀的作品讓文體的爭議遏然而止……優秀的作品讓我們心中的豹逸出牢籠，躺伏於樹幹上凝視這個紛亂而危機四伏的叢林！

12. 論詩，我一貫主張「除了語言，別無其餘」。白話詩因為褪下了所有形式枷鎖，就得回歸到語言去。

13. 沙克詩集名字「向裡面飛」，正是詩歌語言的最佳註腳。日常語言是外張的，以傳遞訊息為目的，而語歌語言卻是內斂的，向裡面飛，止於細微，直戳未曾發見的事物，以達到奧地利詩人里爾克（Rainer Maria Rilke，1875-1926）說的：「我不是以眼睛看世界，我以心看。」

14. 我們應如何看待白話詩裡的生活語言！最基本的情況是，在分行的處理中，語言因為斷落、重組而與散文不同。但更為藝術的技法是前面所說及馬拉美的「移調」，即通過改變語序與詞性、詞義等方法，以突破生活用語的邊界。

15. 於詩歌而言，「獨斷」是詩人必要的自覺與自信，而這種述說較之親身目睹有可能更為接近「真相」。真正的詩人必定

明瞭，「事實」與「真相」間的差距。在假新聞滿天飛的時代，詩歌存在的價值即是：雨落在所有卑微的泥土上，詩能扒撥出真相來。

16. 一幢大樓與一個郵筒，於詩人而言，兩者截然不同。但郵筒比一座建築更為親近。

17. 「詩即食，詩即命」，這是我詩觀之一隅。意思是，好詩總是穿越本能而抵達存在。

18. 「簡化字」與「詩」之間的距離何其遼闊。前者是溝通工具，後者則是預言或神諭。「在詩中找出處」則便是一個真正詩人畢生所作之事。

19. 福柯（Michel Foucault）說：「（詩歌裡）每一個真實的詞語某種意義上都是一種僭越。」如建築物上的僭建。生活語語是居停，詩歌語言即是僭建。

20. 詩歌中所有對醜惡的描述和對現實的批判，都懷有作者的夢想在。

21. 於詩人而言，只要有誠，即所謂題材並非欄柵，一枚海螺可以聽見大海浩渺，一方郵票可以牽引百年歷史。

22. 所謂詩，其意義即是把口述轉化為書寫的過程。口語的情懷總更真更濃烈，具感染力。詩歌創作即是把這種真而濃厚的感情加以文學性的處理，成為藝術。

23. 凡細微的書寫都帶有批判性。因為細微帶來疑問。
24. 詩壇是名利場，自然有有霸權主義者，拿官方資源作惡妄為。但時間總是還優秀詩人以公道。
25. 每個詩人最終都應該有他個人的「詩歌密碼」。這是作為詩歌語言的一個重要條件。

　　老實說，一般詩論或詩評集若非深奧難讀，即淺嚐式的印象式寫法，能見人所未見、論人所忽視的，「向裡面飛，止於細微，直戳未曾發見的事物」豈是容易？不只是寫詩，秀實談詩也有此企圖，於「微」細處「止」住他的腳步大加品賞吟詠讚嘆地評詩談詩，此種文章並不多見，此書即是少數之一。而秀實會以「止微室」這麼雅緻的名稱當他「談詩」系列的總標題，想來與「古文觀止」、「嘆為觀止」、「高山仰止」的「止」字都相近，有「極致」、不能再好了之意，此系列既以「止」字命名，必有其一點「自感驕傲」的小心思吧？
（白靈，本名莊祖煌，台灣詩人。著有詩集《愛與死的間隙》、《五行詩及其手稿》與詩論《一首詩的誕生》、《新詩跨領域現象》及散文集《給夢一把梯子》等三十餘本，主編《新詩三十家》、《中華現代文學大系（貳）：詩卷》等二十餘冊。曾創辦詩

的聲光、主編過《台灣詩學季刊》,已自國立臺北科技大學化工系退休,目前兼任東吳大學中文。)

被狩獵者及其面相

吳長青

　　秀實約我為他的新書《狩獵者》寫序言,這讓我多少有些誠恐誠惶。其一,秀實是純粹的詩人,詩寫的好,詩歌修養也深厚,自成一家。其二,秀實往來於兩岸四地,視野開闊,其對華語詩歌有著精湛的造詣,毫不誇張地說,他就是華語詩歌的「活化石」。其三,秀實擔任十多年的《圓桌詩刊》主編,對當代各時期,各種流派的詩作均有整體性的把握。因此,無論是理論修養還是創作實踐,他堪為我名副其實的老師。

　　《被狩獵》是秀實的一本評論集或者叫理論文集,這是從體例上說的。如果從內容上判斷,則是一本兩岸四地詩家及世界詩人優秀作品的論述彙聚,其詩論廣集眾家之長,融匯高手之流。而秀實端坐其中,或中國古文典籍,或西洋大家之論,既涉及語言文法修辭,也不避篇章結構。見微知著,洞察世情,智觀萬象,鞭策入

裡，蔚為大觀，此等功夫非常人能及。

中國文學被冠以「詩教」之傳統而著稱，然現代詩既有傳統之精魂，復混搭西洋基因。不少詩人游離兩者之間，流連忘返，也有痴迷入境者，忘乎所以。其詩作面孔不明晰者有之，走火入魔、張牙舞爪更不少見。遠詩者不明覺厲，越敬之，則誤讀至深；近詩者受其導誤，越發不可收拾。秀實是睿智之人，其在《被狩獵》中借詩作闡釋或建構詩歌自己的創作理論，一來避免被舶來的理論所架空，脫離本土創作實踐，二來對不同風格的作品客觀分析，澄清流行理論中的不足，消弭大眾對詩歌的訛誤。再次，作為詩歌界的「被狩獵」者，秀實的詩歌理論有其獨特的原創性，展現了他對華語詩歌理論的貢獻。

諺云：「高端的獵手往往以獵物的方式出現」，這裡指的是獵手與獵物的相互關係，在物理層面是位置的移動。而《被狩獵》則是從行為本身出發，以消極的方式寫出了一種積極的心態，所謂以退為進，猶如後視鏡裡的時空。秀實就是駕駛著詩歌快車的那個人，他的目光不僅要盯著前方，還要注視著「後視鏡」。正是居於這樣的視角，他的洞見惟其可貴和獨到。通俗而不去典雅，熱熾而不失矜持。

秀實對詩歌的理解不同於一般學者，也區別於一般詩作者。前者只是從理論到理論進行學理闡釋，後者基本不理會詩歌理論，高

明者或許還默認有一門詩歌理論之說，莽撞者乾脆不會理會詩歌理論，甚或嗤之以鼻，不屑一顧。秀實對詩歌的理解可謂獨具慧心，妙處自是拍案叫絕。讀之有意外之驚喜，心悅誠服。

尤對詩歌語言的體悟深刻。在給林煥彰的詩集《玉兔・金兔・銀兔》的〈序〉中寫到詩歌語言與「語文」的區別。在〈讀晉立詩集《寂寞外傳》〉中，寫到詩歌與散文語言的差別，同時還對詩歌語言的實驗性作扼要闡釋。〈移調：日常語言到詩歌語言的交替〉運用法國詩人馬拉美的「移調」理論和德國詩人保羅・策蘭的「瓶中信」理論與大陸詩人沙克的詩歌創作實踐結合起來，論及詩歌語言的神性。〈李藏壁詩的港味〉一文對白話詩中的散文句子的闡釋，引威廉斯的評論作為佐證。難能可貴的是，秀實還將鷗外鷗的詩作做了搶救性的研究，其重點也在語言與詩意的關係上，這是一般文學史家無法企及的事功。

語言是詩歌的「命」，也是真詩人以之為信仰的精神胎記。秀實在〈後記〉中用「層級」的模式系統性地論述詩歌語言的深奧之妙。就這一點，就可看到秀實這本詩論的特色，更見其對詩歌理論的突出貢獻。為此，他的這本《被狩獵》於我等普通讀者的意義恰恰在於他作為一個「被狩獵」的姿態，給了我們一個「狩獵者」的尊位。這是何等的幸事？又是怎樣的一種無我的大境？

最後，我要刻意強調的是，我是詩歌的外行，僅有的一些感性

認知更多來自秀實詩歌的間接滋養。他託我寫「序言」是我倆友情的見證，同時也是給我一次學習的機會。作為他的好友，我們對文人之間的相互吹捧同懷忌憚，當然自己不願也成為那樣的人，並將以此共勉。斯為序。

（吳長青，文學博士，廣州大學中國文藝國際傳播研究中心副主任、研究員）

被狩獵——止微室談詩

台灣篇

被狩獵
——序林煥彰詩集《玉兔・金兔・銀兔》

《玉兔・金兔・銀兔》是詩人林煥彰寫作計劃之一。煥彰按年書寫十二生肖的詩畫,結集成冊。癸卯屬兔,這本《玉兔・金兔・銀兔》於焉問世。

對兔子的認知,文人與科學家的相差極大。文學上兔子常代表陰性的月亮,有「金烏西墜,玉兔東升」的美麗書寫。然而實際上,兔子性情暴烈而好色,並非騷人墨客筆下的可愛形象。營養學家這樣說,兔肉低脂高蛋白質,內含磷脂是膽固醇的二十五倍,可緩解動脈硬化、降低冠心病、促進大腦發育、延長肌肉彈性。並預言二十一世紀,人類三分一蛋白的需求,來自這種美味而有營養價值的兔肉。這真是個有趣的題目,詩人都在瞞騙嗎?

以兔子為書寫對象的現代詩極少。具超現實主義色彩而想象奇特的羅馬尼亞詩人尼娜・凱瑟(Nina Cassian,1924-)的〈兔子〉詩十分可觀:

被狩獵——序林煥彰詩集《玉兔・金兔・銀兔》

兔子／發明了那種尖叫／誘使捕獵者的同情／儘管獵人或狗／從未被嚇退不去捏住它的身體／像捏住一隻皮手套／帶著剛才的體溫

兔子／僅僅發明了那種尖叫／（遠比它的思索來得大膽）／來面對死亡

兔子／它的劇烈而滑稽的尖叫／是它關於莊嚴的唯一概念

（崔衛平譯）

　　兔子在文學作品裡，時常擔當著「被狩獵」的角色。這首詩寫兔子在面臨生死危難時的叫聲，極具深意。在中國，兔為十二生肖之一，與吉祥劃了上等號。林煥彰詩集《玉兔・金兔・銀兔》收錄了他癸卯年的詩作約九十首。只有序詩〈當兔子的願望——寫給兔子的我〉寫到兔子。詩人生於1939兔年，農曆歲已屆八十五高齡。今年是詩人的本命年，故而他把自己虛擬是一隻兔子，且看：

　　我是人，我生肖兔子
　　我就是屬於動物的一員；
　　……
　　我餐餐都吃胡蘿蔔，很好很好

> 我已經把自己養得白白胖胖，
>
> 結結實實健健康康……

　　這是戲謔的筆法。一個人有了相當的歷煉對待生命自是不同年輕時的任性與狂妄，這是生命的回歸。於詩歌而言，淺白的述說即是一種語言回歸的蹊徑。煥彰詩有〈戀人之目〉中「可我一掉進妳的／瞳孔／就再不不能翻身」的深邃。詩歌語言與「語文」自是兩種不同的概念，前者並無一種公認的尺規以利訊息傳達，關鍵還在詩人能否拿出一套專屬於己的符號，超越語文所堅持的準確與分寸。讀者若以為詩人真的「餐餐都吃胡蘿蔔」，那真是個美麗的錯誤了。生肖可窺「運勢」，這是一首書寫運勢的詩篇。且看江湖術士如何說：2023年畢竟是兔的本命年，應注意健康、腸胃不適、皮膚病變、肌肉組織受傷或未知受傷。煥彰以詩解厄消難，詮釋了自己的運程。其於詩自有宗教般的信仰，而非任何的怪力亂神。

　　狩獵（hunting）與被狩獵（be hunted）為寫作兩個不同的概念。年輕時寫詩，有如隼目狐耳，狩獵一切。詩人彷彿手執弓弩，搜尋林間野兔，矢不虛發。或設網罟，或放鷹犬，囊中取物，其快意若何。然時間愈久，筆下的所有，逐漸成了「被狩獵」的存在。「野兔林間躍，尋常百芳開。枝頭鳥聲動，疑是玉人來。」（秀實〈辛卯元宵詠兔〉）經過相當的閱歷後，才了悟到很多事物，在此

而非在彼。我們能夠把握著的並不很多,「盧山煙雨浙江潮」,世間的許多事不知也無妨,許多地不去也無妨,許多人不認識也無妨,如是許多題材不寫也無妨。那時心境迥然有異,和風麗日,擇一株適宜的樹椿,端坐下來,任風輕拂,任落葉沾衣,而偶有兔子不慎誤觸樹椿,才順手撿起,這是「守株待兔」的被狩獵。

詩人居住的「半半樓」二樓有一扇偌大的玻璃窗,水金九(水湳洞、金瓜石、九份)的景色侵門踏戶的來到小樓。詩裡山水雲煙,自是尋常,這是被狩獵的。〈想,一分鐘的想〉裡的頌德山是:「頌德山,也像喝了酒／在雲霧中,就是喝了酒／微醺,又感覺是爛醉……」在現代詩人裡,林煥彰是少數對自然懷抱摯情實感的書寫者,這與城市人對自然的態度全然有異。西方城市建設本質上是與自然對立,是對自然的欺壓與戕害。近幾年以來各種巨大的自然災害頻生,被科學家認為是「自然的反撲」。現在城市人流行說「環保」,正是承認其對自然的戕傷。我國傳統的「山水詩」「田園詩」所表達的天人合一與對自然的敬畏欣賞,便即環保的最高境界。所謂「與萬化冥合」「相看兩不厭,只有敬亭山」。退一步是尋求與自然共生共融,如園林的「借山借水」,伐木的「斧斤以時入山林」,狩獵的「網開一面」。下焉者才是城市人肆行貪慾後對自然的保育,以求貪婪的永續。在〈農人種地〉中煥彰自言是「農家的後裔」,他說:「我是農家子弟／我卻背叛了土地」,

另一首〈春耕，問我有無〉中，有「立春之後，春耕就要開始／沒錯，我本農家之子／手上腳下，都無寸土／我得改種心田，／動我腦筋，苦做筆耕」。對自然，詩人一直懷有愧疚。而我們看來，這非但沒有背叛自然，傳統的自然觀在詩裡得以承傳。山水讓詩人感到親切，九份的雨霧，風色與陽光，筆下都帶有溫情。相反像臺北城這樣，走九遍的忠孝東路，卻是冷漠的讓詩人感到「移動的孤獨」。在編後記〈詩寫正向觀念和心境〉中，詩人說：「不是刻意的，好像就是自然的一種傾向，是我近些年來的心境影響；詩寫心境，年紀越大越出現童心。」集裡有多首詩寫霧，正是一種自然的傾向，引證了九份山城的霧，飄忽而大美。

集內有少部份作品，如〈那些，我不知道的〉的罵貪官，〈窗前，有海有霧〉的憐礦工，〈戰爭，該向誰道別〉、〈苦，苦苦苦苦〉的憫蒼生，〈想，斜斜的想〉、〈沉默的沉默的沉默〉哀世道等，是另一個面向。這裡暫且擱下。我注意到〈石頭的臉〉。路旁的一塊石，詩人注目良久，想像它為許多不同的臉容：「它是石頭的臉，也或許／它是我自己的臉，開心愁苦／耶穌的臉，菩薩的臉；／莊子老子的，石頭的／眾生悲苦的臉……」詩人發現了被所有人忽略的一塊岩石，浮想連翩。然這種浪漫並不是無聊的，因為最末詩人由此而想到「眾生悲苦的臉」，這重重的一拳，讓整首詩如遭電擊，驟然而活。對照於這首詩的是〈岩石，他們的臉〉，詩

人倒過來,把礦工的容顏視作石頭,為這些艱苦的人民雕出永恆的塑像。另一首〈詩煮,蘭陽雨絲〉寫鄉愁。當下的鄉愁詩幾乎出現了一個「思念故鄉之美於前,感嘆個人漂泊在後」的書寫模板。一九七二年余光中的〈鄉愁〉之後,詩壇已無更優秀的鄉愁之作。煥彰這首鄉愁,其厲害之處是寫出鄉愁之「傷」,不同於一般鄉愁詩的「哀而不傷」。詩人把他的出生地蘭陽礁溪標示以「血點」,且看其傷:

滴滴是,淚也;字字是,詩也
如此,這樣那樣
常年餵養自己
半飢半餓,暗自療傷

二三年二月我隨幾位詩人來到九份,出席了山城美術館主辦的「第二屆水金九詩歌節」。這個詩歌節雖無大城市詩歌節的喧鬧,卻讓我看到詩歌與土地的緊密相連,其清澈與純粹相對於「主流詩壇」的渾濁,互為映襯。山野的小學生們以簡陋的文具寫出赤子童真的文字,掛在尼龍繩上,在風扇裡如樹葉的輕輕搖曳。都會空調室內的詩歌「評審/研討/座談/發表」會上,不停出現抄襲、作弊、謾罵、誹謗、酬庸的行徑,鄙陋甚於市井。「水金九詩歌節」

的舉辦，林煥彰自是靈魂人物。不在城中狩獵，到山間被狩獵。遠城府而近鄉郊，寡言而勤於寫詩作畫，作為一個臺北城的詩人，林煥彰晚年完成了他精神上的「歸園田居」。

　　詩人有的屬於這個時代，有的屬於這個社會，更多詩人僅僅屬於其個人。林煥彰屬於當下臺灣這個社會，他是詩壇沉默的「異類」。其詩赤情真摯，承襲傳統詩教之風。這本詩集配以其兔子畫，詩畫相輝，文字與色彩互生，定必可觀。在編後記〈詩寫正向觀念和心境〉中，詩人解釋了他某些詩歌創作上的理念：「我又習慣使用口語化的語言文字，我自稱為活的語言，同時我又主張：我寫詩，我不為難讀者；我不用艱深枯澀的文字或古典優雅深奧的辭彙；我以明朗、真摯的手法，來詩寫我生活中對人生的體會和感悟⋯⋯」其遼闊，其忠誠，如詩行者，讓人敬佩。

（2023.2.20凌晨2:30水丰尚。）

誰此時寂寞,就永遠寂寞
——讀晉立詩集《寂寞外傳》

晉立的名字已被遺忘於台灣詩壇之外,而我得到他當年出版的詩集《寂寞外傳》。我寫過一首生日詩〈孢子〉給獅子座的自己。說:「記著我的詩,忘掉我」。與時間的拔河競賽裡,詩確是比人重要。職銜、獎項、學歷等都將成為灰燼,惟有優秀的詩歌永恆在燃燒,為廣袤宇宙之星光,為夏夜蘆葦叢的螢火,仰首為百年一遇的流星雨,沉吟為瞬間一剎的墓地磷光。

《寂寞外傳》一九八九年十月由宏泰出版社出版。封面折口刊有詩人簡歷:「晉立,本名曾進歷,祖籍福建同安,一九六四年生於彰化市。國立臺北工專機械科畢業。六十九年(按:這裡應是民國紀年,即西元1980年)秋承師康原啟蒙研習新詩迄今,性喜思維,熱中詩想設計與構思,主張每首詩皆應循性貼近詩旨,盡情地演出。作品曾獲第三屆工專文學獎詩組首獎,曼陀羅詩粹獎優選等。現為五陵詩刊編委、曼陀羅詩社、臺北詩壇俱樂部同仁。」詩

集序是侯文詠〈我的朋友晉立〉和陳一郎〈潛藏於詩的流域──我認識的晉立〉，跋是張國治〈為中國，我們沿著廊柱點燈〉。全書收錄了二十九首作品。最讓我喜歡的是〈四月七日星期五　孤獨〉（頁130）。

　　因為傳統詩體的消解，自由體新詩的書寫便呈現出「多樣態」來，讓年輕詩人得以盡情發揮。詩壇是一個才華的競技場，同一件事，詩人的書寫各有路數。晉立月夜懷人，竟然出之以如此驚人的設想：

　　　　月光把我停格成一任意形狀（第5行）
　　　　張口的，瓶（第6行）

　　初讀極其震撼，再讀悲從中來。單單這兩行，便足使晉立的名字留在台灣新詩史上。失戀讓一個情深男子在月夜感到空洞無言，詩人對殘酷的現實不作任何抵抗，默然承受著一切的傷害。然孤獨的詩人最終不屈從這種安排，他行動了，且看：

　　　　寫下住址，掛號寄給（第19行）
　　　　自己。明日信來我將（第20行）
　　　　原封不動。用自己的名字，把孤・獨（第21行）

誰此時寂寞，就永遠寂寞——讀晉立詩集《寂寞外傳》

> 退還（第22行）
> 世界（末行）

　　這幾句詩跡近於「語言的完美」。明顯看到詩人對文字的措置，包括分行。如今毫無法則、任意施行的新詩分行已然成為詩人們的內傷。法國象徵主義詩人馬拉美（Stephane Mallarme，1842-1898）在〈詩行的危機〉中說：「當語言關注自身的時候即成了詩行」。這明顯指出了語言為詩歌的關鍵元素。而其中的一個措置方法即見於排列的形式（異於散文）。西洋詩歌的分行常基於音律，中國詩即更多考量字數與意義，以分行來變改詞質詞義。分行也是述說技巧之一。此詩第19/20行的分行是思想上的猶豫，最終還是選了「自己」。第20/21行的分行也是思想上的猶豫，最終以「原封不動」來處理信件。第21行「孤獨」一詞以頓號相隔，讓雙音節詞變為兩個單音節的詞，停頓並增加了詞語的重量。第22行「退還」一行，以示此態度之極其重要。末行「世界」一行，則表示世界同樣的是一個孤獨體，表達了孤獨為生命本質之含意。

　　晉立對詩歌題材的處理常見與創作結合。這隱隱然是他的詩觀：詩歌與愛情合而為一。在〈新詩〉中他便有「愛情與新詩同科」（頁29）的說法。〈倒影與字形〉形與意均極其深刻，當中有「我始終知道，橫於水紋倒影與字形／立於水湄，賦詩只為纖楚的

花魂」（頁70）。〈落葉紀I〉、〈落葉紀II〉構思宏大，惜未能完整駕御其中的述說，當中有「如何經營詩國的禱文而不用韻」（頁74）「詩，是最忠實的敵人」（頁75）「靜默的你居然能相忘／於詩」（頁81）。在新詩眾多寫荷的作品中，這首〈荷花〉頗具理性色彩，當中有「知道什麼是女性主義，她想」（頁45）。且看〈一種距離〉，詩人在談情說愛時如何把寫作經驗介入：

  一種距離同時也像思與詩之間，像我倆

  隔著表現的介詞，考慮張力與拉扯

  從構思到詩成，分享謀篇取捨的痛苦

  從微差到差距體會至深之美學定義（頁58）

  這無疑也是一種「後設的技法」，即以創作實踐來詮釋創作的某些理論，但顯然的，這種詩歌創作理論的附生，只是服務於藝術的旨意，而非擔當主導功能。晉立這般情況，正反映他在詩歌創作中的自覺（self-consciousness），同時也為他的詩歌添上了理性的光芒，致使其詩歌別樹一幟於當時。

  晉立有的詩語言具有明顯的實驗性，如〈春〉的「醒來。醒。來。醒來醒來床醒來／火使柴使火醒來，床醒來／柴使火使柴醒來，壁虎醒來」（頁24）。十五行詩裡竟動用了二十九次「醒

誰此時寂寞，就永遠寂寞──讀晉立詩集《寂寞外傳》

來」。但這並非單純是一種語言的遊戲，仍能從詞語的取捨與排序中看出詩歌的意蘊來。在這眾多的「醒來」包圍著第四行的「孤寂死去乾涸死去」（頁24），這是詩人罕見的擺脫了孤寂的時刻，因為他擁有了僅僅一個「春宵」的愉悅。〈絕對〉是愛情詩，當中的「郵筒旁有郵筒旁有我／巧布的歷史，押典雅的石韻／做莊嚴的等待／回憶與想像周旋的，天空」（頁20）和末句的「輕盈輕盈輕盈的背影」（頁21），當中的重複與分行，也是別出心裁。全詩二十四行，其中第十行「仄仄平平仄仄平」（頁20）則是只有聲調無實質意義的字，卻巧妙回答了第四行的提問：「而該寫的是五言或七言的絕句？」熟知舊體詩的，當知這是「七絕仄起有引韻」的格律。然詩的鋪展不止於此，當詩人仍在斟酌「難以逆料」的下一句時，第三句已被詩人所愛的道破：

不必押韻自在的第三句（頁21）

七言絕句的前三句都交待了，末句卻未曾道出。然答案寄寓在文字之外：結句留待日後兩人共同譜寫。此詩構思與立意之佳妙，道出了對情侶互相唱和的憧憬與美滿的結局。這是技法上更高階的述說，很少年輕詩人可以做到。

北宋陸游有詩〈題廬陵蕭彥毓秀才詩卷後〉：「法不孤生自

古同，痴人乃欲鏤虛空。君詩妙處吾能識，正在山程水驛中。」這是放翁給讀書人蕭彥毓詩集後的題詩。當中的「法不孤生」是指，所有創作的技法都是大同小異，只有那些迷惘的人才想盡辦法去無中生有。聰敏的詩人總是在原有技法上推陳出新，尋求在雷同的技法上做得更好，詩歌只要忠誠於生活的體驗（山程水驛）才是最重要。晉立這些詩歌，產生於青澀的年華，題材略狹窄，技法稍不足，自是必然。但其對生命與文字的熱愛，卻能完完全全呈現出來。正如小說家侯文詠在序文中談到晉立詩歌時說：「那些（晉立的新詩）不僅只是才情，更是用青春的燃燒與熱熾換來的東西。」（頁11）張國治在跋文裡則說：「他對詩有著精心的思考、設計和演出，擁有深厚潛能，在未可知的將來，應該會有更大作為的，我希望是一個好的開始而不是結束。」（頁140）時光荏苒，似水流年，於今捧讀，令人唏噓！

　　我是於文字中認識年輕時的晉立，到在現實的臺北城相遇時，詩人華年已接近六十，經營「策略風」網站。那是一個專業性的知識與資訊網站。而同時又設有「藝文風」欄。可見詩苗仍根植於他渾沌的生活深處。在給我的詩集扉頁上，他寫下了「詩心不死，寂寞等同」的句子，當日對詩歌的熾熱和對生命的孤寂，仍在詩人的內心深處，未曾變改。後來他南下高雄，與我在左營mini d coffee聊天，更像是一個懷才不遇的詩人而非長袖善舞的行政人員。我們提

誰此時寂寞，就永遠寂寞──讀晉立詩集《寂寞外傳》

　　早在「陳波記牛肉麵」晚餐，然後匆匆話別。騎車返回水芊尚時，高雄的夜燈開始點亮，富國公園的幽黯與瑞芳夜市的喧鬧，同時浮現在腦海中。單車泊在富國公園時，我想，這空洞而簡樸的公園宜設置「高雄詩人塑像」的景觀，讓商港的、工業的、科技的，甚或是軍事的高雄城，添上真實動人的色彩。

　　和我一樣，晉立當初選擇了詩，之後無論何往，將永遠的寂寞下去！

（2023.3.14凌晨2:30婕樓。）

我不在喀什米爾，
就在飛往喀什米爾的路上
——讀喜菡詩與攝影集《鳥族與鳥族的喀什米爾旅行》

喜菡《鳥族與鳥族的喀什米爾旅行》2012年1月由大憨蓮文化出版。詩集收錄詩與攝影作品各48首（幅）。詩作與攝影順時紀錄了詩人一次旅程。在版面設計上，有三個頁面是文字入圖，其餘均以圖文對峙的形式呈現。這種布置有把詩與文字置於作者設定的「空間」裡進行對話的企圖，也符合了藝術上「存在相對」的理論：凡兩事物存在必有其相對的意義，只待藝術家的發見。

我寧願相信相片的黑白是刻意的安排。當中的意義非同凡響：光影較之色彩更容易接近真相，猶如詩較修辭更接近真相。色彩與修辭都具有呈現世相的功用，卻同時具有瞞騙（或誤導）的特質。藝術攝影就是運用色彩卻去除其瞞騙的成分，當中一個方法是以黑白成品。而所謂詩歌創作，則是對文字修辭的運用而去除其瞞騙的

我不在喀什米爾,就在飛往喀什米爾的路上
——讀喜菡詩與攝影集《鳥族與鳥族的喀什米爾旅行》

成分。

喀什米爾為喜馬拉亞山之西、印度半島以北的一塊高原地。為「世界屋脊」(Roof of the World)的組成部分。現時分屬中國、巴基斯坦、印度三個國家。喜菡所到之處,為有達爾湖之印屬喀什米爾。第十四首〈初識達爾湖〉如後:

乍見她一髮淺棕
依舊是夢裡梳理過的印象
點過的穴
尚有指紋熱度

她,輕輕晃搖出一線縫隙
容我塞進一大箱兩小箱勞頓
以及鳥,以及我

碼頭邊一整列藝品蠢蠢的動

達爾湖幾乎與世隔絕,為詩人嚮往的地方,與她夢魂中所想一樣的。書寫的背後是詩人對心中「理想國」無意識的描摹。湖面平靜無瑕,偶爾船過出現水天間的一道縫隙,這是詩人來到,驚醒了

沉睡的湖。而岸邊那些建築才「蠢蠢的動」。這「動」正反映湖的平靜。勞頓有所安放，物隨心動，便即人世間的「理想國」了。

　　於大部份人而言，喀什米爾仍然是一塊陌生而神祕之地。這種「等高線」上的最高處雖是客觀的科學存在，卻可經由藝術的處理而成為一個象徵。以詩為志業的人寫作總有一個企圖：嘗試突破文字所有的可能性，尋找出其制高點。面對紛紜變幻的世相，文字是一種抵抗而非妥協，詩人更不應讓自己的作品永久在沼澤地上，塗抹泥巴取樂。為了尋找這個「制高點」，喜菡作出了一個大膽的嘗試，她運用「鳥」來作「象徵體」。除了第二十九首〈巧遇〉無鳥踪影，第四十六首〈讀河〉為特定的「禿鷹」外，其餘四十六篇詩裡，都出現「鳥」這個詞語。其頻率大部分為一次，只有第三首〈新德里機場〉有七次之多。我們試比較「零隻鳥」與「七隻鳥」的兩首詩：

七隻鳥： 第三首〈新德里機場〉	零隻鳥： 第二十九首〈巧遇〉
一個行李一個炸彈 提起放下幾千隻鳥 幾千隻鳥接受搜身問口供 幾千根佛指指向鳥，說 歡迎光臨	必然有一條密徑通向你們 男孩！ 你們的濃眉拉開 一場華麗的青春隨著上演 緊緊挨著緊緊挨著

我不在喀什米爾，就在飛往喀什米爾的路上
——讀喜菡詩與攝影集《鳥族與鳥族的喀什米爾旅行》

七隻鳥： 第三首〈新德里機場〉	零隻鳥： 第二十九首〈巧遇〉
他們用十六進位的優勢計算人的價值 鳥的價值 幾千隻鳥開始不耐燥熱 拉著行李往外走 往外走避四十度C的追逐 鳥和人解開翼與手往冷氣裡塞 BUS隔門重重關上 司機四十度 鳥和人二十八度	看我們也 我們看你們 你們會將旅途的巧遇郵遞給我們嗎？ 你們問。 會的 男孩！ 必然有一條密徑通向你們

　　詩人抵達印度，第三首〈新德里機場〉是整個旅途的起點。第6/7行「人的價值鳥的價值」，第11行「鳥和人」，都是人鳥混合的述說。為書名中的「鳥族與鳥族」作出了詮釋。此詩記述了在新德里機場的際遇，包括酷熱的天氣、嚴格的安檢與乘坐巴士的情況。第二十九首〈巧遇〉，寫遇上當地的一群男孩，詩人寄予無限祝福，首尾句子都是：「必然有一條密徑通向你們」。鳥此時停歇下來，回復一種對人間世的人文關懷，其角度已非一隻飛翔之鳥，掠過空中，只投下地上的陰影。而是站在熱土，詩第三節：「緊密的緊緊挨著緊緊挨著／看我們也／我們看你們」。兩首詩所述的均為旅途中瑣碎的事，然卻都在平凡的日常中尋找出新鮮的述說，如〈新德里機場〉第二節：「幾千隻鳥接受搜身問口供／幾千根佛指

指向鳥，說／歡迎光臨」，便是藝術上帶刺的幽默。而這裡，明確表明所謂的「鳥」，就是那些候鳥般外來的旅客。

再看看第四十六首〈讀河〉中的禿鷹：「讀一條河／以偶而向下急衝的暴風／一群禿鷹等在河畔／／會有一簍簍雞的骨骸／恰巧斜停／／於鷹的口中／一起大聲讀河／／人只是和聲」。這裡禿鷹當然是本義，與疾暴的河水同屬大自然的一部分。而人在這裡也脫下羽翼，同樣還原為本義。語言在天籟聲中，只是配角。全詩只有55個字，極精簡而至深刻。

每首詩裡的「鳥」作用容或各有不同，但當中必然有作為「隱含作者」而存在的。這種人與鳥角色的混合與蛻變，正是文學創作中一個相對高階的技法。小說裡常有，詩歌中還是比較罕見的。這既有寓意的蘊含，也同時取代了真實作者的身份。讓敘述視覺有了更大的展現空間。眾所週知，優秀的詩歌總能為讀者提供一種「雙向交流」的閱讀過程。學者舒凌鴻在〈作者‧敘述者‧讀者——抒情詩中詩人面具之鍛造〉中說：「文本讀者實際上並不是被動的意義接受者，而是最後的意義製造者。」（見《上海大學學報》2018年第6期）便是這個意思。美國詩人愛倫坡（Edgar Allan Poe）的名篇〈烏鴉〉（The Raven），便即是藉由身份的混合與蛻變來抒寫他對失去愛人勒諾的懷念與悲痛。勒諾是他的學生，也是他的摯愛。全詩十八節凡108行。瑰麗、奇幻而神祕。喜菡這裡的四十八篇作

品，鳥群穿梭其間，或聞鳥聲，或見鳥影，我們未嘗不可視為一篇結構宏大的組詩，記述了詩人一次「朝聖」之旅。既有人間煙火的俗世，也有精神領域的意蘊。

　　第二十首〈浣衣〉按時間敘事，由傍晚到夜深。這是達爾湖的一道美麗的人文景觀。詩歌的敘事不同於其他，文字不宜掩蓋全部的意義。寫詩如裁衣，不能相體而裁，尺碼要極節約，足襪見肘，把某些「肉體」袒露出來，讓讀者有遐想的空間，如此方為上品。此詩著墨不多，句子間有巨大的斷裂性和結構的空白。首節以「聽覺」：「有人一槌槌／槌打著夜／夜，喊了聲痛」，次節以「視覺」：「達爾湖擄掠了一整座星空／星星一顆顆滑入／浣衣人／甩開的長裙」，末節以「嗅覺」：「裙裡有千聲鳥鳴／與千縷少女赤腳踏過的蓮香」。巧思若此。評論家哈羅德・布魯姆說：「詩寫得恰到好處，就像一隻盒子關閉時發出咔嗒一聲響一樣。」（見《讀詩的藝術》，王敖譯，南京大學出版社，2010年）這首詩猶如一個雕鏤精美的中國錦盒，內分三隔，雖小而足觀。咔嗒其聲，然後置於案頭。

　　另一個錦盒是第四十二首〈遊牧〉。遊牧的生活方式，精神上是浪漫的，如詩的首、二節：「一家人挪動／一個世界」／／陽光自額際來／由髮尾去」，然而實際上卻是艱苦而殘酷的，如詩的三、四及末節：「記不起／上一餐在哪條河？哪條魚？／／問妳：

／關掉的是青春／亦或其他？／／有隻鳥死了，淡淡的／妳說。」所謂逐水草而居，有時也會追逐陽光，讓白天更為悠長。詩五個章節都異常精彩。詩人以一個異乎尋常的述說方法來記錄所見的，但更重要的是那些未見的。第四節問得冷漠，在艱苦的日子裡，談什麼青春！末節答得同樣冷漠，遊牧的日子裡，或天災或人禍，總是有死去的親友。詩寫出了人間的大悲。這是一個兩層的錦盒，頂層盛琉璃，折射七彩之光華，底層盛琥珀，內藏昆蟲的遺體。

　　《鳥族與鳥族的喀什米爾旅行》是一組極為奇特的作品。封底的「一首詩是一隻鳥」說明了書名的意思，前一個「鳥族」可視為旅人，後一個「鳥族」即是文字。旅人的足跡依時出發，按時而止，攝影作品留下了其間的光影。文字的足跡隨後出發，卻是一段永不息止的旅程，至今仍在路途上。詩裡涉及的人物極繁，有車伕、熱戀中的男女、公園裡的女人、小販、浣衣女郎、船伕的女眷、露宿者、馬伕、穿紗麗的女人、如廁的人、遊牧者、溜冰的孩子、頂木柴的女人、警察等等，大千世界其中矣！我們可以這樣理解：詩人穿越凡塵而終抵達她的理想國，此則本詩卷所展現的一個宏大主題。

　　這篇評論則是一種文字的遇見。告別後，這些詩仍如飛鳥般，在前往永恆的喀什米爾的路上，未知何時而止！

（2022.7.18午後5:50將軍澳君傲灣會所閱覽室。）

詩歌櫥窗裡的珍珠項鏈
——談喬林詩集《基督的臉》

2023.10.17詩人林煥彰在士林把一本小紅書贈我。那是喬林詩集《基督的臉》。林白出版社於民國61年出版，列為「龍族叢書」第2號。喬林本名周瑞麟，1943年生。臺灣基隆人。有詩集《象徵集》、《煙的眼睛》、《精緻的喟嘆》、《布農族》、《文具群及其他》等。此詩集收錄40首詩。書後附錄詩人蕭蕭的〈從《基督的臉》看現代詩的當前趨勢〉的長文。詩集的特色是，每首作品均附施善繼的解說。封面的黑白板畫，即是詩人林煥彰的作品。那時是白話詩的好日子，幾個詩人為一本一百頁小開本的詩集，群策群力，各獻其技。

喬林的〈印行小言〉（頁81-82）是一篇優美的小品，從中可窺見其散文的功底。不是散文寫不好，便去寫白話分行，應該是把散文寫好，才去寫新詩。沒有散文的功底而跑去經營詩歌小鋪，其店必侷促，並最終走向結業之途。喬林是土木工程專家。且看他如

何把複雜的環境描寫得如此詩意:「我們的工務站設在臺東縣海端鄉霧鹿村一個叫下馬的布農族部落裡。該地離擁抱著一條小鐵路腋下又挾著一條縣級公路,瘦小得不能負擔我們這一大群築路人員重量的海端有一個小時的步程。從海端到初入新武宮,有條牛車路,再就是涉過山澗、攬腰擦過峭壁、橫過山腹的一條只容單人行走的小徑。從新武宮擇地勢而左右而上下,往嘉實、下馬、霧鹿、利稻……向前向青天引伸到海拔二千七百公尺,山尖常時晶亮晶亮的戴著鋁質雪帽的大關山,再過去就是奔向臺南、高雄的小徑了。」眼下是複雜的地貌與方向,而詩人卻如斯有條不紊地為我們述說出一個美麗的臺灣東部。其文字移情之功效,令人為之擊嘆。

　　我的〈保靖街〉其中一節,是效法喬林〈我家的燈〉的第一節。這是我認識喬林詩的第一步。喬林詩有其明顯的特色,一在形式上有相對完整的結構,一是句子上追求相對整齊美。試讀〈都市生活〉:

　　　　早安　垃圾

　　　　七種色彩的油漬
　　　　從著河流著
　　　　河就從著街流著

詩歌櫥窗裡的珍珠項鏈──談喬林詩集《基督的臉》

午安　大廈

一星期七天七天一等模樣
從著街流著
街從著河流著

晚安　霓虹燈

　　城市街道縱橫，白天是油漬，晚上是霓虹，詩人把街道比作河流。早午晚的焦點不同，築構出一個都市人的枯燥生活：順流與渴望被接受。這首都市詩並無具體的標誌，詩人穿透城市萬象而回歸內心，施善繼解說為「無可奈何」，「個體」在龐大的「集體」中被淹沒。這便是都市人的無奈與可悲。〈流浪〉八行四十四字，玲瓏精致：「一座小鎮過去／再一座小鎮／一個黃昏過去／再一個黃昏／何處有門扉／宿鳥一聲比一聲急促／遙遙的長路／變短路」。施善繼的解說也極精彩，是一篇優秀的小品：

　　　　流浪是一種相當淒楚的美麗，因為你不屬於那一個地方，和屬於你特定的自己，為此沙拉沙特的〈流浪者之歌〉，其訴

盡的辛酸繞樑不絕，同樣的，馬尼塔士演奏弗拉門可吉他時，聽眾著實可以落淚，為吉卜賽人流浪而不知此去何地的空茫所感動。而詩人此處的流浪相當嚴謹。他沒有琴曲與吉他，沒有樂音，他的流浪更其難耐，「小鎮／黃昏」是詩人提示的主題，形成流浪的路，但流浪是沒有終站的，故詩人自喻的「宿鳥一聲比一聲急促」，仍焦慮愈來愈濃愈重。於是絕望的跋涉，「遙遙的長路」一剎間斷然消逝，一則流浪終結，「變短路」是一種不祥的徵兆。

爰引詩和解說是想說明一個問題：新詩的「解」與「不解」。不少詩人堅持不解詩，認為是對文本的貶損。然白話詩的審美尺度極寬廣，極晦澀到極明朗都有人說好，也都有人說不好。而小說和散文，似乎並無這個問題。所以對新詩文本的解讀是必需的。詩歌文本與讀者的關係有異於其他，因為詩歌在提供一些脫離生活經驗的「符號」，讓普通的讀者感到迷惑，只有少數優秀的讀者有耐性作出「閱讀」並完成互動（再創作）。解詩於讀者而言是一種接受的需求，否則我們不要埋怨新詩「作者眾而讀者寡」。施善繼的解說只是其一，謙遜地可以說是「拋磚引玉」。如果一人（包括作者）解說可以引來更多可能，於作品而言自是好事。「宿鳥一聲比一聲急促」，施善繼解作「焦慮愈來愈濃愈重」，也有人解作「時

間愈去愈急」;「遙遙的長路／變短路」,施善繼認為是「不祥的徵兆」,我即以為是呼應前面的「何處有門扉」,表示流浪即將結束。詩人終將找到屬於他的門扉。

　　喬林詩集《基督的臉》中最精彩的一首是〈算錢〉。此詩寫於民五十九年十二月。為九行小詩。如後:

　　　一塊錢豆腐乾五毛錢白菜二塊錢魚
　　　一碗白飯

　　　滿街競相開謝的雨花
　　　滿街競相走路的鞋

　　　來一碗蘿蔔湯
　　　一碗白飯

　　　雨花一瞬間開了又謝
　　　一頓飯接著又一頓飯

　　　老天算錢吧

真是精彩絕倫的,說是詩人的代表作也無不可。首二行具體呈現出貧困大眾生活苦況,而不直說「貧苦的大眾啊!」坐下來吃三塊半一頓飯(百姓間有著白飯免費的慰藉,與吃香喝辣的官員無關),而天氣也不好,下著雨人們匆匆的走著,真的忙碌。這兩句確是詩人手筆。貧苦大眾旨求吃飽,但無能力消費,只好再盛免費的蘿蔔湯與白飯。這是詩的前部分。後部分兩行,概括了這人世間,貧苦大眾生存只求裹腹,何其卑微。末行是全詩高潮,也是畫龍點睛。老天,和我算帳吧!在不公義的社會底層,百姓的憤慨讓我們感到極其悲哀。「老天算錢吧」這幾個字是一刀砍下去的,傷可見骨!何其悲,何其苦!

老天算錢吧──我的命能換幾個金子

施善繼解說的方向與我不同,他認為是百姓對命運的迷信:「有關命運或氣數的幸與不幸,通常我們喜歡把它歸諸老天。」然這並不涉及對錯是非,任何合格的解說均可以並存。我看成是刀傷,他診斷是精神病。詩非醫學,均可成立。因為詩的言說是呈現,而非停留於述說。

〈基督的臉〉十行:「我的眼眶裡/沒有淚/我的汗珠裡/沒有水/我的鬚髯裡/沒有皮肉/我的鼻孔裡/沒有呼吸/我的嘴

詩歌櫥窗裡的珍珠項鏈──談喬林詩集《基督的臉》

唇裡／沒有語言」，四十三字勾勒出耶穌基督的臉容。然這非臉廓五官具體的描繪，而是直戳基督精神，是基督釘十字架為世人贖罪的詩歌版本。然施善繼對此詩的解讀極為精彩，較之我的當然更優秀。他作出了兩種假設，寫詩人自己與寫基督：

　　假設A：詩人的意思是他已經完全枯槁了。在某些閃過的片
　　　　　刻裡，一切虛無。此時，詩人在靜的狀態中，他以
　　　　　外的事物相對是動的。所以詩人是單一而專注的。
　　　　　這樣於是構成全然的信仰，無上的正覺詩人祭奠他
　　　　　自己。
　　假設B：基督的臉也許是詩人素描的對象。那麼這十行詩應
　　　　　該是新添的福音，不包括在新舊約的經書上的。因
　　　　　為此時，詩人在喧囂的動態裡，他以許多動點圍剿
　　　　　那幅死寂的臉，詩人因許多動作完成了自己，而在
　　　　　深思熟慮中把他（人）看到的「基督的臉」（神）
　　　　　一下子否定掉了。

　　詩集的作品皆短詩，有四十首，都是誕生自蚌裡的「珍珠」，串成項鏈，擺放在詩歌櫥窗裡讓人鑑賞，倍為光彩耀目。前人優秀的作品，都是我們當代詩人的學習對象。喬林詩將是永遠的陳列

品,而非售賣品,在這個詩歌小鋪裡。

(2024.1.8晚11:20婕樓。)

銅錢的正與反，誰勝誰負
——談馬祖藝術家劉梅玉的畫與詩

01.

午間在臺北城大安區的「祕徑小食光」餐廳見到馬祖畫家劉梅玉。她給了我一疊叫「之後的島」的明信片，共十張。正面是畫，後面是新詩。

這十幅畫作，是畫家在其眾多創作裡挑選出來的，可視為其中的最優者。評論家的注意點應放在藝術家的高峰處，這是評論的初心與本質。劉梅玉的畫，具有屬於其個人的極大的「傾向性」，包括色彩與線條，這即作品風格形成的必然。梅玉的畫偏近「印象派」，模糊了物的形狀而直接呈現「心象」。印象派作品創作時，畫家必得進入一個精神狀態，泯滅形與色，而以「心」對外界作出感應。這有類科學上的「熱能感應」，讓形狀都變成一種浮動不同

顏色的塊狀體。畫作上下左右的座標如何擺放，如果不是背後的詩，四者皆有可能。這裡，文字成了畫作的「座標」而存在。

　　「從真實作者直達真實讀者之間的毫無遺漏的訊息傳達，是完全不可能的。文本讀者實際上並不是被動的意義接受者，而是最後的意義製造者。」（見〈作者・敘述者・讀者〉，舒凌鴻著，刊《上海大學學報（社會科學版）》2018年第6期）這段話是就文學作品裡關於作者與讀者之間的互動而言，然以之論畫也是合宜的。印象派畫作的解讀，往往取決於讀者，即所謂畫作「最後的意義製造者。」而因為配了詩作，便有了至少兩種不同的解讀路徑。譬如「40號壓克力畫」，兩者的可能解讀如後：

解讀：無文字詮釋	在灰黑色上，一些不規則的人的肢體相互糾纏與碰撞，泥黃色的細小點狀與線條，便即因糾纏碰撞而來。煩擾不安布滿整個畫面。上邊黃色框是缺口，既是紓緩的存在，也是紛擾的源頭。下方空白的處理表示仍未沉下來。
解讀：有文字詮釋	詩題〈一人份的島〉極有意思，寓意其對島嶼生活的滿足，我只佔一人分足矣。這與畫是相互發揮的。其中最下方的塊狀體可視為畫家本人，他在竭力遠離爭鬥的主體。塊狀體即「肋骨」，這裡具有性別的含意。島，有「被困」的寓意。畫上方的黃色框架，是門連通內外，另一塊黃色正待縫合或脫離。

02.

午間在臺北城大安區的「祕徑小食光」餐廳見到馬祖詩人劉梅玉。她給了我一疊叫「之後的島」的明信片,共十張。正面是新詩,後面是畫。

這十首詩,都是畫作所配寫的文字,自不能視為其中的最優者。以詩配畫是詩歌創作的「個人方式」,其優者在圖象的支配底下作出相互的詮釋,而其弊者則是對詩歌創作上自由意志的限制。故而詩畫相配,要做到兩者不互為干涉妨礙。古人說的「詩中有畫,畫中有詩」中的「有」字,便即這個意思。朱光潛在其《談美》一書中,指出:「詩(Poetry)這個詞在西文裡和藝術(Art)一樣,本義是製造或創作,所以黑格爾認為詩是最高的藝術,是一切門類的藝術的共同要素。」我一直以為,詩較之其他藝術,走得更遠,這就是我們常說的「詩與遠方」。〈她的艾綠色〉相配「10號油畫」,看這文字:

　　整個午後都被刨成／細末狀的檸檬夜／橄欖綠的巴莎諾瓦／讓一座村莊輕輕的搖晃
　　伯爵威風氣味的巷弄／把黃昏拉得很長／晚歸的人吹起暖色

> 的海／向黑夜而寫的手稿／有著奶酒咖啡的形狀
> 在苔綠與豆黃之間／是她私釀的色帶／貓薄荷，雀扇，白銀珊瑚／慢慢把街景／拼成一艾綠時光

詩運用了許多專業的「學術語言」，帶來了陌生感。詩歌語言「陌生感」的藝術果效，得看其相互間的依存關係，「陌生詞彙」猶如「陌生人」，好壞得看其在社交圈中的相處。這首詩，詞語的「陌生值」高，然因為適當的布置，讓作品擁有別樣風情：複雜的官能築構出如置身其中的立體空間。學術語言被詩人剝下了專業的定義，成就了感性的載具，是此詩精彩之處。配40號壓克力畫的〈夜的腹語術〉第二節的「在夜裡，有些黑暗很深／從自己的舊眼睛／緩慢的爬出去的那群人／後來，還是在迷路」，乃極為精彩的述說，較之朦朧派詩人北島的名句「黑夜給了我黑色的眼睛／我卻用來尋找光明」來的細膩而深刻，如這種「繁複」才能應對當下世相，也才有質素更高的藝術性，這便即「婕詩派」主張繁複句子的原因。詩人先能辨別黑暗的「深」與「更深」，不埋藏得更深，便從舊眼睛裡爬出來，然其依舊惘然若失。世相本來就不是簡單的黑暗與光明的「二元」存在，其間有無數的「第三者」，詩人以繁複句子書寫第三者的真相，成就佳作，「抵抗」世俗。

配10號壓克力畫的〈木質的記憶〉末節：「輕易撿拾之後再丟

棄／是他們廉價的信仰／若無其事地刮壞一些／他人的昨日／再若無其事地愉悅著」，是這樣的隱藏著揶揄，其相對的畫作布滿尖銳的棱角不同。語言柔軟，形貌輔之；形貌硬朗，語言佐之。此乃十張之首選。配40號油畫的〈不正確的劇場〉第二節：「習慣分類的群眾／容易得到安全的日常／拒絕排列的少數／一路長得狹長且危險」，畫是表達不出這個意思，因為我們看不出「安全」與「危險」來，但文字便不一樣了，不單把安危道盡，且倒轉了詞語的褒義與貶義。詩，較之其他藝術，跋涉更遠。

03.

羅馬帝國時期著名詩人賀拉斯（Quintus Horatius Flaccus）在《書札・詩藝》中曾說：「畫如此，詩亦然。」本文據此而作出簡略的評析。藝術上有一種「心物感應」的說法，藝術家如能臻此境界，其詩其畫自能相互輝映，詩不妨畫，畫不礙詩。南北朝詩人陸機說：「丹青之興，雅頌之作，美大業之馨香。宣物莫大於言，存形莫善於畫。」梅玉以詩宣目所不及之物，以畫存視不能達之形，故成就兩者。馬祖蕞爾小島，然大海胸襟無涯，梅玉得之，其詩畫各擅勝場，無分軒輊也。然於我作為一個純粹的詩人而言，這些畫作因詩而更蘊深度，文字在這裡呈現出一種破解色彩與線條的神奇

力量！其抵達的終點，較畫之遙遠山外，更為渺遠，至無涯的海平線！

（2024.2.22凌晨3:10水丰尚。）

大陸篇

述說的和諧與相斥
——紫凌兒詩歌的語言析述

　　語言是白話分行詩成為「藝術」必不可缺的要素。文學語言指的是一種「述說方法」，是一種「內在的形式」，而非落於語文傳情達意的精確與明白。切斯瓦夫‧米沃什（Czeslaw Milosz，1911-2004）說：「形式就是對混亂和虛無的永恆反抗……我們首先通過由字詞、標誌、線條、顏色和形狀組成的語言進入與世界的關係之中。我們不能通過一種直接的關係進入世界。」（見貝爾格哈希《寫作是一種持久不變的抗爭》，王東東譯）現實世界總是混亂的，並有著荒謬、偽善、敵意而形成的虛無，而我們成為「其一」。我的詩〈消失〉中有「一切與這一切，各歸屬於截然不同的世界／如果你也成了這一切，婕詩派的所有述說將必成為經典」。詩歌以語言築構的世界（這一切）與現實世界（一切），雖有幽徑相通，卻是一個截然不同的空間。如果詩僅僅是對現實的論述複製，而未能築構其語言世界，則其存在的價值何在？

述說的和諧與相斥——紫凌兒詩歌的語言析述

我曾到過夏威夷的威基基海灘。那時是夏季，沙灘上擠滿了嬉水者，萬頭攢動。極目遠方，浮臺上的泳客，卻只有十餘二十人左右。海上與岸邊的人形成了強烈的對比。我想，詩壇也是如此，嬉遊者眾多，真正的泳手極少。五百個寫詩者中，重重圍困著一個優秀的詩人。而更為不幸的，我們評論的精力幾乎都花在論述「嬉遊者」上。這是一個「泳手」被湮沒的時代。作為某種意義上的真詩人，絕對是孤寂的。

約七年前，在網絡上載浮載沉的詩歌中，我留意到紫凌兒的作品。在大多數習以為常的書寫中，那具有不一樣的書寫力量。如「我將一天中最閒暇的時光，賦予它／賦予一小片安寧，並忽略體內暗藏的鐵釘」（〈桌子〉）、「沒有更多了。請給我一顆桑葚的謊言／給我你的手指和染坊，給我白紙／我要替一枚小巧的紫，祈求冬天的諒解」（〈在欖邊〉）、「就這樣，一直看著你／直到把你看成一條化作肉身的河流／柔軟的曲線下／隱匿著不會凋零的水聲」（〈與一朵花對視〉），還有如此看似直截的詩意句子：「我們隔著三千米的海拔，和距離廝殺／中間是霧霾，還有幾個下雪天／此刻，你應該愛我。像火燄」（〈遠方〉）等（以上詩作均收錄於紫凌兒詩集《太白路1067號》，江蘇文藝出版社出版，2019年），這般述說，可以用別樹一幟來形容。以下借用其詩，進一步從語言的角度加以析述。

例1：紫凌兒〈雨中穗園〉

龍口西路，穗園
一場叫婕的雨，成為三月的敏感詞
隱於街巷茂密枝丫
及暴露在聲色之外的小小憂傷
「她是詩之象徵，而詩，即命」
詩人如是說。不介意世間尚有詭辯術
我傾心於內心對真相的辨認
比如穗園，和婕，總有一個先於這場雨
背離自己的初衷，像是站在雨霧深處的人
他們空闊的過往，與周邊街巷遮蔽的單薄
而流言與偏見，依舊有寬泛的力量

　　此詩在一個相對高的位階上進行述說。詩人抵達事物的深層，而對這種深層的情況有所感觸。致使某些詩句出現專屬的邊界，成了作者的個人領地。如第二行「成為三月的敏感詞」。
　　第6/7行的「不介意世間尚有詭辯術／我傾心於內心對真相的辨認」，是相同的詩歌語言。言詩人並不採信此事而欲知道有關穗園那場叫婕的雨的真相。這是生活語言的提煉。再如第8/9行的

述說的和諧與相斥──紫凌兒詩歌的語言析述

「比如穗園，和婕，總有一個先於這場雨／背離自己的初衷」。這裡出現兩種排列情況：

A婕─雨水─穗園：認識了婕，我們在雨天中到了穗園，之後我們的關係更好。

B穗園─雨水─婕：我遊覽穗園，遇上大雨，並意外結織了婕。

哪個背離初衷？這裡為第2行的「一場叫婕的雨」作出了詮釋。答案當然是A。只有這樣，才可以合理的為一場雨水命名。

最末詩人給予析述，並把此事放下，因為這只是一件流言或偏見的事。詩裡的「穗園」經過詩人的述說，已成了一個意象，非僅僅是現實上的廣州城天河區的穗園。它是一個我們所有人的空間經驗，每個人生命中都可能在一個空間裡遇上一場雨，從而改變了他與「婕」的關係。這便是詩歌語言的藝術效果，生活語言是無法抵達的。

例2：紫凌兒〈沒有人是無辜的〉

三月，坐南向北，在陰影中
變換城市青色的臉。我們談論舊年

諸事,及一列火車被無限拉伸的
距離。你說世界和從前一樣

戰爭的遠方被時間絞殺
或烹煮為信息碎片。沉默之人妥協於
內心的灰燼,面對爭議不再搬動論點
人們脫離二元論,回到暗處

熾熱由此消退
剩下斑駁陳詞,和閃爍黑暗的建築群
將低處的事物,推向遠方,或高空
俯瞰它們,持久消失的過程

「無辜」在這裡是個濫用了的形容詞,這是個危險詞。它有明確的指向。這些詞語的陷阱,對詩人來說是無處不在。詩人得應對而不是逃避。這首詩無疑是詩人與語言的一次較量。「沒有人是無辜的」是每個人命定的缺憾。切斯瓦夫・米沃什(Czeslaw Milosz,1911-2004)說:「寫作是對缺憾的補償。」(大意)且看此詩如何為殘破的現實作出補償!

首節極為新穎。確立坐標,虛擬場景,事件則是幾個朋友的聚

會。「坐南向北」非斧鑿之詞，它暗寓詩人以一種「在野」的身份去談「朝廷」之事。中節觸及殘酷的世事——一場現代化的戰爭。殘酷從沒離開過二十一世紀的文明，我們看到灰燼般的現實，別無它法，只能「回到暗處」。「戰爭」這個詞，在當下特定的時空中指的是俄烏之戰。但我更偏向不作一種特定的解讀，讓詞語還原成一種無處不在的泛指。末節的「建築群」用的極佳。此詞背後有極度文明的含意。對所有這些，無論是推向遠方或以道德的高姿態去議論，其結果都被淡化為空白。這般「詩人無用」的宣洩，也可以看作是一種補償吧。

例3：紫凌兒〈一片雲預示的雨並沒有落下〉

它是神秘奇美拉，或者不是
但它醒了，從虛弱夢境到看不見的城市
上空，然後是光明花園屋頂

我執著於對黑暗森林的誤解
從雲影和秀實的語言城堡逃出
以呼嘯的方式，回到雨聲落下之前

  和下沉的事物保持平衡，忽略密集
  或弱小，比如模擬貓草用葉片汲取
  露水和空氣，將透明圍攏在周邊

  混淆偽概念奇美拉、也許是一場風暴
  在我敘述的某個瞬間到達，如遠古重現

  詩裡出現一個陌生的名詞「奇美拉」（Chimera）。它是希臘神話裡獅頭羊身蟒蛇尾巴的怪物，最早見於《荷馬史詩》。經無數作家的書寫後，原來帶有邪惡意義的詞義改變了，如今奇美拉常被用來指「能想像卻無法實現的事或夢想」。詩題〈一片雲預示的雨並沒有落下〉所指，也正如此。第一節出現三個空間：夢境、看不見的城市上空、光明花園屋頂。這一切都與現實生活相抵捂。
  詩歌在處理某些極個人的詞語時，常常帶來不諧協的後果。因為這些「詞」具有極其狹小的領土，為文本「大一統」的整體性帶來分裂。相反，如果詩人能恰如其分作出安置，即成了可觀的藝術技巧。第二節第二行的兩個詩人名字：雲影與秀實，在這裡稍嫌突兀。試比較以下三例：

  （原文）從雲影和秀實的語言城堡逃出

（例一）從波特萊爾和卡爾維諾的語言城堡逃出
（例二）從某兩位詩人的語言城堡逃出

　　例一為兩位書寫現代化城市而著名的外國詩人，其所蘊含的邊界極廣闊，訊息量極豐。例二是失敗的述說，因為詞語並無明顯的個性。這三句的語言運用，以例一為最優。然紫凌兒堅持用次優的，是因為她在詩歌語言與事實間作出了取捨，她認為，書寫到此點，堅持事實高於語言藝術。奧地利詩人里爾克（Rainer Maria Rilke，1875-1926）〈果園〉的第一節：「如果我貿然寫你，／外來的語言，或許就要使用／那個折磨過我的罕見王國的／世俗姓氏：果園。」（郭良譯）優秀詩人總是對語言瞭然與斟酌，遠遠高於大多數。拈起與放下間，盡見詩人綿密的心思。
　　第三節回到內心的書寫，堅持一種不同俗流的生活方式。末節處理極到位。詩歌語言是一個強大的國度，有更廣袤的邊界，並歷久不滅。全詩圍繞著「奇美拉」這個特定的歷史名詞來書寫，卻能成功「活化」，並從中透析出詩人內心的焦慮與不安。

　　嬉水者不諳水性，泳手懂水，察水紋、識漩渦、知冷暖。水即詩之語言，嬉遊者不諳，旨在潑水浸泡為樂，惟有少數優秀的詩人能泅游於語言之浩瀚汪洋，有朝一日，他（她）會朝向「國境之南

太陽之西」遊去,陸地的陰影愈來愈遠,終至消失於海天之間。而其傳說般的詩歌從此便在詩壇中輾轉流傳。其詩人紫凌兒者乎!

(2023.4.10凌晨1時婕樓。)

多重二元對立的述說
——讀楊運菊散文詩〈第三隻豹的自述〉

　　在網絡的野生動物頻道上看過一部紀錄片，記載了一頭叫「巴比娜」的雌性美洲豹在巴西潘塔納爾濕地的「行狀」。後來我寫下一詩。末節是這樣：「伊瓜蘇大瀑布讓流水可以直立如壁／散落的環形鹽湖是神的意旨／黃昏的晚霞升起，一天即將流逝／神讓魔鬼離開，讓豹居於我沒欄柵的心裡」。詩有所本，當然不僅止於寫一頭豹，而是藉此提出人性善惡的辯證。

　　詩人楊運菊也寫豹，有散文詩題為〈第三只豹的自述〉。詩為組章的形式，凡二十章（以阿拉伯數字標示），約三千字。在散文詩這種宜短不宜長的文體潛在的規限中，這是較為罕見的。此詩有無現實經驗所本，我們並不知道。作品誕生，作者離席。文字的盛宴又來了其他饕餮之客。法國評論家羅蘭‧巴特（Roland Barthes，1915.11.12-1980.3.26）說：「寫作就是聲音的毀滅，就是始創點的毀滅。」每個讀者都擁有其對「後文本」闡釋的權利和空間。

散文詩的文體藝術要求基本與詩大略相同，然因其以段落呈現，形成其述說的結構與詩歌有異。這篇散文詩清晰的具有從「分行」到「分段」的痕跡。作品中最長的一個段落板塊是第3章第2節第2段的59字元：

3
雅達和艾瑪乃絕代佳豹，我天生英俊。
圈子裡的我，不明白為何圈外再好的感情時間長了也會變淡，那些風情萬種的豹，醜小鴨一樣的臉，美容師修飾幾下，變得美麗動人？
我真想去看看。不，打消這個念頭。我答應過要保護雅達、艾瑪的。

段落的長短與述說的結構緊密關連。其最大的區別在脈絡的強弱與顯隱。詩題「自述」為詩歌的述說作出了第一方角度的定調。這樣的安排讓詩歌具有了「類小說」的情節感。這是散文詩藝術探索的方向之一。詩裡出現三個角色，是同年同月同日生的三隻未成年的金錢豹：托比，雅達與艾瑪。「亞成年的我要擔負起保護她們的重任。」（第1節）很好的給予「二元對立」在詩裡存在的空間。

在詩歌創作中，我曾有「潛伏的第三者」的說法，即人的思

多重二元對立的述說——讀楊運菊散文詩〈第三隻豹的自述〉

維會在不自覺中陷入二元對立的泥沼,而其實在兩元的內外,有無限可能的第三者在場。而這個第三者,許多時是潛伏著的,需要詩人挖出來。楊運菊這篇散文詩,卻是摒除潛伏的第三者,明示「自述」,藉多重的「二元對立」來作出所有的言說:

第一層	豹 (三頭亞成年的金錢豹:托比,雅達與艾瑪。)	非豹 (第5/6節的老虎、大象、猴子、火烈鳥……)
第二層	籠裡 (第1至12節寫籠裡)	籠外 (第13至20節寫籠外)
第三層	動物 豹	人類 社會上各種不同角色的人類
第四層	宗教 (第11/12節:佛教寺廟、拉斯拉哈斯巴西利卡教堂)(第14節:引自《聖經的故事》)(第18節:引偽經文「所羅門請求耶穌給他智慧,所有的廟門為他打開,所有的蓮花為他開放」)	人間 (第9/10節:出現墩布男,即動物園裡的清潔員。)(第15/16節:指涉人間各種不同的職業,包括教師、乞丐、車夫、鐵匠和炊餅店小五、醫生……)(第17節:指涉人間不同的場域:蝴蝶山莊、白茶基地、傾斜的樓宇、稻田……)(第20節:出現了守望稻田的人,並標示出「人間」。)

透過上面這個表列,便能清楚看到此詩藉由二元對立而進行的述說手法。內容記載了三隻動物園裡的金錢豹逃逸的前後過程,此處不擬對事件作進一步複述。各個章節中的某些描述,或蘊含奧

義，或託於桑槐，往往別具懷抱，而不局限於「逃逸之獸」的境況。故而「自述」除了是一個敘述角度，同時也是一種角色的投入：托比即詩人角色的投射，具有某種程度的自身反映。在述說的角度上，小說與詩歌有基本上的差異。即小說敘述角色中的「第二述說者」在詩裡是不存在的。我們也可以藉由這種角色的性質來分辨「散文詩與微型小說」的不同。散文詩的述說角色即詩人自身的投影，而微型小說不是。奧地利詩人里爾克（Rainer Maria Rilke，1875-1926）的〈豹——巴黎植物園〉詩只有十二行。一般的解讀都是詩人以豹自喻。寫現實牢固不破的困局。但潛入極深，如千鈞之力，當讀到最後一行的「寂滅」時，驀然迸發。詩人兼翻譯家袁可嘉在評論時說：「與其說是在描寫關在鐵籠中的豹子的客觀形象，不如說是詩人在表現他所體會的豹子的心情，甚至還可以說是他借豹子的處境表現自己當時的心情。」同樣，楊運菊是語文教師，第15節即其自身的寫照：

15
前來懺悔室的人絡繹不絕，他們從前門進來，從後門出去。
第一個進去的是教師：他請求原諒。
「我用頸椎骨的力量撐起沉重的頭顱和時間，而時間在鐘錶裡，我不能扒開鐘錶的皮膚摘下它的臟器餵養滿天的星斗。

多重二元對立的述說——讀楊運菊散文詩〈第三隻豹的自述〉

我的眼睛有限，脊椎有限。甚至，我的右手托舉不起一支粉筆的重量。

我經常性頭暈，眼前一片漆黑。甚至，我撐住講臺的手顫抖。沒有人發現，我做得很隱秘。

我爬進課表和筆記本，像趴進紅皮書，月亮權當我是書籤，隨時翻閱隨時調換位置。

可我，像一條鹹魚翻不了身，也就縫補不了月光灑進樹梢露出的空隙。」

教師起身離開，可跪的時間太長，他直不起腰，就像每次俯身從地上撿起一顆字，膝蓋滑膜咕嚕咕嚕地響。

詩句「遙知玄豹在深處」（柳宗元〈雨中贈仙人山賈山人〉），當中的「玄豹」，含意極深。漢劉向《列女傳》記載：「南山有玄豹，霧雨七日而不下食者，何也？欲以澤其毛而成文章也，故藏而遠害。」優秀的詩人寫豹，當然不止於眼下鐵柵裡的一頭猛獸，而是始於豹而終於「豹之外」。楊運菊的〈第三只豹的自述〉，或據本事，或為想像。通過三隻豹的越押，藉由多層的二元對立述說，呈現出一幅「豹眼觀世相」的畫圖，並由此而寄託詩人在現實生存中的掙扎與困境，抒寫其忿忿不平的內在情懷。高辛勇在《修辭學與文學閱讀》中說：「詩的語言能超過心物之間、主客

之間的分離,能夠使現象世界與形上精神世界得到統一。而使得詩具有這種有機作用,能夠融合內外、心物、形上形下,則是詩裡象徵或比喻(symbol or metaphor)的功能。」〈第三只豹的自述〉中的豹,在現象世界與精神世界間來回穿梭,詩人賦予它以生命。藝術史上那些經典的雕塑品,無不是讓我們在靜默而冷酷的金屬或石塊中,看到充沛的生命力來,詩裡的豹,已然成為一件藝術品。詩的末節,詩人點出這頭豹的靈魂來:

20

我借人間幾近坍塌的牆垣靠一靠就走。

我不敢閉上眼睛,害怕再也醒不來。

牆外的稻子熟了,那個守望稻田的人卻走了。

聽說,他是神仙下到人間播撒種子的。每一粒種子都是一個希望。

聞到稻香,我的飢渴與勞累消減了不少。

牆內電視屏幕上巴以衝突愈演愈烈,正義是正義的避難所。

正這樣想著,我所靠著的內牆變成了外牆。我被四面圍堵。

艾瑪的腳掌,雅達的眼神。我必須以寡敵眾。

眾人難以推到的牆,我撕開一道縫,我拎著我的靈魂擠了出去。

優秀的作品讓文體的爭議戛然而止。意大利評論家卡爾維諾（Italo Calvino，1923-1985）說：「一個作者只有作品有價值。」當我們仍然困惑在散文詩的迷思中，是左手的詩，還是右手的散文！優秀的作品讓我們心中的豹逸出牢籠，躺伏於樹幹上凝視這個紛亂而危機四伏的叢林！而「欲以澤其毛而成文章也，故藏而遠害」，豹之行狀，又給予我們的訓誨甚深！

（2022.5.8母親節午後五時將軍澳寶盈花園fairwood。）

移調：日常語言到詩歌語言的交替
──沙克詩集《向裡面飛》「中輯：漂流瓶」詩作析論

　　詩人沙克出版了他的詩集《向裡面飛》，五月二十六晚在奔向北京的高速列車黯淡雜亂的車廂內，我在筆記本內逐頁翻看，時而有閃爍的燈火竄入，詩句那些晃蕩的字詞如發光又脆弱的螢火搖搖欲墜。論詩，我一貫主張「除了語言，別無其餘」。白話詩因為褪下了所有形式枷鎖，就得回歸到語言去。當然，詩歌語言非同於語文上積極修辭的語法，講究準確達意，而是屬於一種個人的述說方式。法國詩人斯特凡・馬拉美（Stéphane Mallarmé，1842-1898）以為現世的語言只能描述現世的事物，他在《詩歌的危機》裡說：「一是日常語言，二是描述看不見的世界之語言，通過『移調』（transposition），第一種語言便成為第二種語言。」無獨有偶，沙克詩集名字「向裡面飛」，正是詩歌語言的最佳注腳。日常語言是外張的，以傳遞訊息為目的，而語歌語言卻是內斂的，向裡面

飛，止於細微，直戳未曾發見的事物，以達到奧地利詩人里爾克（Rainer Maria Rilke，1875-1926）說的：「我不是以眼睛看世界，我以心看。」

詩集中輯以「漂流瓶」為名，讓我想起德國詩人保羅・策蘭（Paul Celan，1920-1970）的話，他認為詩歌是一種「瓶中信」，要面對不可知的、無法相遇的他者。這是詩歌奇妙迷人之處，最終誰人檢拾到瓶中稿，然後會有怎樣的事發生，是無法預料。〈漂流瓶〉一詩有「為世界留一瓶秘密／給自己留一些敬畏」（P.111-112）的述說，即是沙克對其詩歌創作的信仰教條：詩既為預言，也是神諭。

試比較以下兩種截然不同的述說，便會發現日常語言與詩歌語言在詩人沙克作品裡的雙生狀況。〈虛擬愛人〉第三節：「我在京都附近的榻榻米上睡覺／坐在客廳沙發中等我宵夜的女子叫色拉／會浪漫、會性感、會做拿手小菜／可是她不會喜歡我心儀的皇家馬德里隊」（P.102），而〈愛情史〉第一節：「那是蟬翼之飛。輕雷微雨中／夏夜的約會，胸臀之圍，青春之圍／發育完整的校花瓷白如枕」（P.108）。這顯然是全然不同的兩種表述。前者述說中的轉折，為生活對話裡常有；後者只存在於詩篇中，帶有暗喻與象徵，並含音律美。然值得注意的是，我們應如何看待白話詩裡的生活語言！最基本的情況是，在分行的處理中，語言因為斷落、重組而與

散文不同。但更為藝術的技法是前面所說及馬拉美的「移調」，即通過改變語序與詞性、詞義等方法，以突破生活用語的邊界。以達致正如〈一念間〉所說的「為什麼我的詞語中倘佯著流水、光線、感情」（P.99）的果效。

〈聽雨霧〉與〈原地〉是詩集裡極為出色的作品。〈聽雨霧〉（P.113）5-5-4-5四節十九行，意象稠濃，具強烈的色彩與形象。此詩隱藏著一個秘密，一把綠傘、兩隻斑鳩，恐怕是類似於坊間的偷情故事。詞語用的講究，且看末節，最尾一句，精采絕倫：

　　那把綠傘沒有再出現
　　雨霧、毛玻璃，化成半透明
　　斑鳩飛過樓頂時，聽起來是兩隻
　　……對樓現出她濕濕的臉
　　然後沙沙沙現出我和全城的身體

〈原地〉（P.106）2-3-3-4-2五節十四行，念亡妻。情懷極深，悲愴而不濫觴。我國傳統詩歌有「悼亡詩」一脈。唐元稹〈遣悲懷〉的「衣裳已施行看盡，針線猶存未忍開」便膾炙人口。沙克此詩，用詞細膩，空間與時間經詩人剪裁，只留下最具深刻的影像，烙在讀者心裡。末行拈出「銀河系」一詞，剎那間把時空無限擴

移調：日常語言到詩歌語言的交替──沙克詩集《向裡面飛》「中輯：漂流瓶」詩作析論

大，頗有宇宙同悲之哀慟。全詩如後。

　　楚漢交界的一塊泥磚
　　壓在原地，把遠方收在地平線內

　　早晨，鋼塔上落著白鳥
　　柔弱得像湖畔一戶地主家的么女
　　在我的舊宅對岸

　　傍晚，飄拂一根綢帶
　　閃著亡妻的遺容
　　她的戴花之墓就在附近

　　她不重、不狠、不老
　　在廳堂和櫥房都愛穿真絲衣裳
　　春夏秋冬裡我的一切遠行
　　抵不上她三兩句叮嚀

　　我繼續遠行，在她
　　默許的一半銀河系的原地範圍

著有詩集《瓶中稿》的臺灣著名詩人楊牧曾說：「詩也不掉頭離開人間的現實，詩不能只為追求非人間的假像。」學者范靜嘩在美國當代自白派詩人代表貝里曼詩集《夢歌77首》的序〈漫談貝里曼的夢歌〉中說：「詩人在活人世界裡游蕩並紀錄。」沙克詩歌題材既深深沾染人間煙火，同時也書寫其內心的一柱燭光。其秉持創作的忠誠，則無論其筆觸如何延伸，都類近於「史」的書寫，具有審美與紀錄的價值。

（2023.5.27晚10時北京阜成門國賓酒店1235房。）

述說的獨斷
──讀龔學敏詩〈在成都〉

　　龔學敏組詩〈在成都〉中包含〈成都郵電局大樓〉、〈悅來茶館〉、〈盤飧市〉、〈黃忠路〉、〈科甲巷石達開殉難處〉、〈文殊院喝壩壩茶〉六首。其取材均是成都之地誌。成都為具三千多年歷史的大城市，其面積約略一萬五千平方公里，人口二百一十餘萬。設想一個詩人在深秋穿過這個城市的中心區，有時他置身於鬢影衣香、燈紅酒綠的夜宴，有時他會隱身於舊區的荒蕪與落拓，品一盞水井坊，一個人在臨窗的簡陋木桌上寫詩。這便即〈在成都〉的創作情況。

　　這種述說只是個人的臆測，本質是「獨斷」的，並無事實的根據。我既不知龔學敏，也未到過成都。但我要指出，於詩歌而言，「獨斷」是詩人必要的自覺與自信，而這種述說較之親身目睹有可能更為接近「真相」。真正的詩人必定明瞭，「事實」與「真相」間的差距。在假新聞滿天飛的時代，詩歌存在的價值即是：雨落在

所有卑微的泥土上，詩能扒撥出真相來。「成都」與「錦官城」的區別是，前者僅僅是一個地理名詞，而後者卻帶有濃厚的文化味。錦官城經杜甫筆下洗煉，已蛻變為一個詩意的詞語。「花重錦官城」成了當今成都最美的形容詞。面對前人的珠玉，創作上我們需要的是「獨斷」。龔學敏敢於獨斷，遂有可觀。

〈成都郵電局大樓〉前半懷古，後半述今。古今的轉折在「郵差身影斑駁」。這是有學問的。因為我國近代郵政，便是開啟自清末民初。〈郵政歷史回眸〉一文裡說：「1896年（光緒二十二年），清光緒皇帝正式批准開辦大清郵政，由總稅務司英人R・赫德創辦，一切建制仿照英國成規。大清郵政的開辦標誌著中國近代郵政的誕生。」（見2012.9.17人民網）這裡的八節詩都各與郵政事相關：郵戳、郵票、家書、信件、郵差、郵電、信封……那是一個圈。後來停在一個郵筒上。一幢大樓與一個郵筒，於詩人而言，兩者截然不同。但郵筒比一座建築更為親近。這終於讓詩動了真情。這首詩很用力，詞語綴連得很緊。但詩的起始「在清代」，詩的收束「傳頌」，兩個詞語都散煥，在這裡是詩歌語言的「兩個壞分子」。

喝茶看戲是成都人的生活習慣。〈悅來茶館〉把兩者混在一起書寫。世間存在的每件事物，必有其相對性。詩人就是要發見當中的關連。這既是慧根，也是功底。兩者混為一體：「直到，分不清

哪一片是戲／哪一筆是茶葉」（第二節）是明的，「茶碗中長出的川戲的樹／一出一葉／提銅壺的人，用滾水翻本子」（第五節）來暗的。述說確實很具技法，專注而冷靜。

〈盤飱市〉是腌鹵店名，應該是當地一家特色小店。「詩即食，詩即命」，這是我詩觀之一隅。意思是，好詩總是穿越本能而抵達存在。龔學敏寫一間小店，啖餚喝酒中帶上了寫詩的體驗（因為那是詩人的飯聚）。讓食與詩相結合，道理深而隱。這種詩只呼喚能與文本進行雙向解讀的優質讀者。我抽出以下句子來作嘗試：

　　直到，所有的平仄在新詩的器皿裡
　　相生相安，不違和
　　近可乘船，遠則登雪山

腌鹵製作的食物都具有多層次的味道。各種味道都恰如其分，不掩蓋而相互發揮。這裡的「平仄」不能狹窄的理解為傳統詩歌的格律，應是詞語間的有機組合。正如末節的「簡化字」不能單純的理解為與繁體字相對的漢語文字。脫離格律的白話詩，就應把每個詞語安放到恰如其分的位置上。該是「流動」的狀態，就泛舟江海，該是「固體」的狀態，就結為山上之雪。詩得對陳詞濫調避之則吉，那些套語、習用語並無讓詩意棲居的空間。法國評論家勒

米・德・古爾蒙在《法語美學》（1899）裡說：「一個諺語後面總是尾隨另外一個，一個俗語會產生一系列的影響，同時拖曳緊隨其後的那些瑣碎之物。」（見《文字即垃圾》，米歇爾・福柯等著，趙子龍等譯。重慶大學出版社，2016年。頁18。）〈盤飧市〉的優點在於以家常食材烹調出佳餚美食。且看「一碟秋風，一盞安寧，一杯歸途」，化作散文也是這樣詩意的散文：

> 吃過這碟小菜詩人們嗟嘆際遇，飲過這盞茶詩人們互祝平安，喝過這杯酒詩人們各自歸去。

時下詩歌的門檻已被眾人拆去，很多詩人只是把詩意的散文分行來冒充白話詩。詩到末節，寄寓更深。「簡化字」與「詩」之間的距離何其遼闊。前者是溝通工具，後者則是預言或神諭。「在詩中找出處」則便是一個真正詩人畢生所作之事。

〈黃忠路〉是紀念三國時名將黃忠而命名。作為一個不熟悉黃忠路的讀者，如何閱讀這首詩！黃忠與我距離最近，是某年我去漢中勉縣賞油菜花，順道到了定軍山。那是黃忠擊殺曹魏大將夏侯淵之戰場。這是一首2-7-5-5-4五節23行的自由詩。詩人筆下這條路是繁華地段，有看戲的有餐飲的有地攤的，車水馬龍，熱鬧非凡，並有修路的工程進行中。詩寫出了街道的變遷，好比人間的滄桑。

述說的獨斷——讀龔學敏詩〈在成都〉

詩人把這條馬路寫成三國古戰場般的混亂與熱鬧，是這首詩明顯的企圖。我大膽的作這樣解讀：詩人「刻意」把詞語錯置，以「類裝置」的手法達到一種荒謬的藝術效果，背後埋藏了深層的意思。這與下一條路〈科甲巷石達開殉難處〉比較，脈絡結構是完全不同的。

石達開是太平天國的「翼王」，科甲巷有其殉難紀念碑。首節是史實的文學演繹，石達開是被剮刑凌遲處死的。「賣銀器的鴿子給天空餵奶」是超現實主義的手法，晦澀不好解，我試圖還原：

賣銀器的鴿子給天空餵奶（原詩）
　　↓　　↓
發出銀光閃閃的鴿子飛過（兩行白話詩）
天空開始逐步透白
　　↓　　↓
晨早的鴿子帶著閃光，掠過天空。天空開始慢慢出現魚肚白。（散文）

「喝完酒的大渡河，／在鼾睡中，被刀結果。」（第三節）寫石達開強渡大渡河失敗。單獨赴義，以存三軍。最後詩人表達了對這樁歷史事件的看法。且讀末節：

> 在正科甲巷的樹上，石達開的桃子，
> 碩大，多汁，一臉猙獰，
> 所有過往的季節，桃花朵朵，
> 無一匹配。

精彩之處在「一臉猙獰」。先有桃花才結桃子，然代表美好的桃花卻匹配不起一臉猙獰的桃子。這是詩人對這樁歷史事件的全部總結。前面「清妖」兩個字已洩露玄機，這裡的「猙獰」便不是貶義詞。桃花笑春風，只不過外表的美艷。歷史並非美人的單純戀曲，而是一部英雄的複雜悲歌。最後一首〈文殊院喝壩壩茶〉我略去不談了。

大多數的地誌詩都在複述著眼下的風光，賦以優美的俗調。囿於所見，是一般人的毛病，但詩人不宜。法國學者吉爾・德勒茲在〈逃逸的文學〉裡拈出「解域化」（deterritorialisation）與「再豁域化」（re-territorialiser）兩個概念。他指出寫作是要讓某些事物逃逸，讓整個體系逃逸。文學的最高目標就是「離開、離開、逃逸⋯⋯越過一道地平線進入另一種生命。」（同上。頁182。）〈在成都〉的書寫或古今混雜，或借景抒懷，或別有所圖，均不局限於鏡頭所見的事物，而成就別樣述說，高於攝影，其為優秀的詩篇無疑。

述說的獨斷——讀龔學敏詩〈在成都〉

　　想起二零一六年我的組詩〈在臺北〉來。我對臺北城的述說是：「臺北是一座城又是一次輪迴」「孤寂如車水馬龍中的重熙門，徹夜點亮燈火」「我劃過八月的一零一大樓如冰冷的焰火」「我從臺北舊城的屋簷下走過，或許／有人在咖啡館的落地窗前看雨」。對待一座城的地誌，我的態度是極度「個人」的，凡屬個人也必定是「獨斷」。在寫詩如同做學問的前題下，詩歌不拒絕任何述說。龔學敏偏重理性，每首詩都附以解說文字，審慎地在進行詞性變換的把戲；我向感性傾仄，但語法如陰霾常籠罩在我頭頂。然我極其獨斷的把詩歌的落點置放於臺北城之外，龔學敏卻堅持「在成都」，在回溯歷史中作出其個人「獨斷」的詮釋，不屈從於陳詞濫詞。這是兩種不同的路向。

　　（2022.8.14凌晨3時高雄城西子灣大酒店愛河館2002房。）

借殼技法與僭建語言
——略析郭金牛詩〈黃泉雜貨鋪〉

　　詩人郭金牛在其詩〈黃泉雜貨鋪〉（10首）裡多次提及「科恩」這個名字。如〈親愛的，潔白的砒霜安慰了人間〉的「科恩被化學嚇壞了」，〈黃泉雜貨鋪〉的「老科恩又在手淫」，〈遲鈍的流水〉的「科恩的心情一下子變得壞多了」，〈所有的詩歌，都不能說出骨頭斷裂的聲音〉的「科恩剛剛讀完《葛蘭西的骨灰》」和「老科恩一高興／又手淫了」。這裡的科恩，指的是加拿大音樂家、詩人、小說家李歐納・諾曼・科恩（Leonard Norman Cohen，1934-2016）。

　　文學界對科恩的評價是：「詩歌、小說和音樂的成功糅合在其1993年出版的《Stranger Music: Selected Poems and Songs》中，作品表現得尤其突出，這部作品包含了200多首科恩的詩⋯⋯多段小說的節選，和大約60首歌詞⋯⋯雖然對於某些人來說，科恩在追求音樂創作時偏離了文學；但是對於喜愛科恩的人來說，他們更加樂

借殼技法與僭建語言——略析郭金牛詩〈黃泉雜貨鋪〉

於認為他作為一名通才跨越了多種藝術之間隱晦的界限。」（見 "Leonard Cohen: Poet, Novelist, Musician." The Academy of American Poets Website）。郭金牛的閱讀與創作受科恩的影響，自不待言。這裡不談兩人詩歌的異同，但郭金牛詩歌的強烈主題性，確是與科恩詩歌創作的路數相近。詩人科恩作品中往復不變的主題乃：愛情（兩性）、宗教、愁苦、音樂。而郭金牛〈黃泉雜貨鋪〉的主題是對現實政治的批判。科恩在郭金牛這組詩中擔演的角色，是「借殼」之用，既為詩歌提供另一個視角，也可看成是詩人的一個化身，擔當對權力嘲弄的角色。

對現實政治的書寫並不容易，文本的藝術處理是主觀條件，時代的局限是客觀因素。前者是考驗，也是挑戰；後者是束縛，也是抵抗。優秀的現實政治書寫得同時突破這雙重關卡，在時代的激流中逆行。高牆與雞蛋兩個截然不同的立場，毫無疑問，真正的詩人都會彎身撿拾那些微溫而易碎的雞蛋，而不會選擇背靠高牆。詩歌在這裡的意義是：代弱勢甚或死難者發聲。而這種「聲音」並不完全等同於沉默的對抗，更多的是一種悲憫的人文關懷，並且應有如明代學者呂坤所言「為人辯冤白謗，是第一天理」的道德勇氣的堅持，這是「存天理」的詩歌書寫。

專制的管治底下，這些文字的生長自然倍為艱難。在〈黃泉雜貨鋪〉後，附上了〈寫詩要注意安全〉的短文，詩人道出了這組詩

寫作的背景:「這幾年是為疫年,凶年疫禍,無以為頌,塗鴉難免悲秋,今天做個歸總,一共10首。」(這裡多談一首疫情以外的)又說:「作為在場者或者幸存者,我們並不能說出切身之痛,並不能說出我喪失了文化故鄉之痛。這一切似乎只是另一種的開始或輪迴,在這種開始或輪迴中,其結局亦是被詩歌所輪迴,我們與詩歌一道,正在親歷這個輪迴的開始,或許是該要個結局時候了。」

在某種程度上,詩人並不以委婉的表達來營造晦澀詩風,藉此逃避權力的天眼。詩裡很多名字赫然出現,這為詩歌提供了極重要的背景資料。〈親愛的,潔白的砒霜安慰了人間〉寫的是2023.4.4張家界發生的四個學生服毒後跳崖自殺的事件。詩以極度錯落的長短句,營造出距離所帶來的危險感。詩末「多決絕。完全不像阿婷的母親丟下/孟婆的眼淚」的阿婷,即當日自殺四人中唯一的女生。斗室裡的書寫者是完全隔閡於這四人的世界,我們知道的並不更多,此時,詩人的「道德立場」才是最重要的:

這一天,砒霜,用毒,安慰了四個人的苦。(第6行)

〈黃泉雜貨鋪〉寫的是另一齣社會悲劇。詩裡出現的兩個人物:小彭與阿蓮,都是這個悲劇的受難者。讀者可以昧於詩裡的敘事,只知道事情發生在和諧區(一個反諷的名字),與人體的內臟

器官有關,阿蓮顯然是在小彭服毒自殺後也服毒而歿。看詩人如何書寫,讓文字具有鉛錘之重:

> 小彭
> 一個人的心情黑暗到什麼程度,才會在陽光底下自己殺自己
> 死給活人看?
> 老科恩又在手淫
> 卷髮的阿蓮又在發燒
> 她每次撫摸砒霜時候,都會有一顆流星從天上掉下來。
> 拋物線的另一端
> 有著什麼樣的相逢和離別?

詩裡出現的宗教元素如「主啊」「猶大在耶路撒冷」「馬太福音」等在這裡便成了絕大的諷刺。詩的敘事和散文的敘事是兩回事,前者的敘事只是手段,通過剪裁、摘要、誇張、重筆等技法,帶出旨意。後者則相對有完整性與結構性的要求。略去大部分的述說,詩人把小彭一生的關鍵詞寫下:「輟學。疾病。漂泊。債務。孤單。失眠。絕望。」這與前面人體內臟的羅列,便即「雜貨鋪」的貨品陳列模式。詩末仿里爾克句式,更見悲愴。

〈遲鈍的流水〉中隔離區的小劉,〈植物一發情,就開花〉

中徐州的阿蓮，〈安琪，勿念〉中共和國的小劉，都是新冠疫情期間的受害者，然施害的並不完全是疾病，也是制度，或說執行制度的人。詩裡的人物都有顯著的特殊性，然經詩歌的處理，同時具有相當的普遍性。當然，這種特殊性與普遍性並不單單緣於客觀的書寫，從隔離區到一座城市再到一個國家的空間拓展，而是詩歌觸碰到脆弱與醜陋的人性。人性總是相通的。〈遲鈍的流水〉寫絕望的阿蓮，詩人校準文字的鏡頭，加上「美圖」效果，讓一件人間慘事變得如斯淒美。這即文字的感染力：

漂亮的病友阿蓮
水蛇腰　削肩膀
遲鈍的流水淹沒了頭頂
她像《紅樓夢》葬花的林姑娘一樣咳嗽
彷彿病毒損壞了她的肺。
人世間的一粒灰塵，落到她身上，就是一座大山

〈沉默的人，是可恥的〉語言如水之流瀉，其在凹凸間總形成自然之貌。詩人借杜甫之詩而為。在中唐安史之亂中，杜甫的詩最能反映這個動亂的詩代，如〈春望〉、〈登高〉，當然也包括〈北征〉。且看郭金牛的〈春望〉與〈登高〉：

上梅林。《春望》中

朱蔓菁
是花濺淚呢,還是鳥驚心?
一朵浮雲,正經過翠竹路。浮雲的下面
是第九
隔離區
杜甫兄,「請戴好口罩」

秋日,再《登高》

所有植物的生殖器
不僅被蜜蜂所愛,也被你所愛
當然,我也愛那些蜜蜂
在榕樹、鴨腳木、五月茶、土沉香的花間
飛行

題材不能決定一首詩的好壞,語言可以。詩歌語言即一種述說的藝術。詩歌當然不宜直球對決,那是僅餘一點廉價趣味的口語詩。郭金牛詩歌是築構空間的語言,那是藝術的,惟有這樣的語言

才能顯示出力量，一種相互支架而形成的平行力量。美國語言大師福柯（Michel Foucault）說：「（詩歌裡）每一個真實的詞語某種意義上都是一種僭越。」（見《文字即垃圾》，米歇爾福柯等著，白輕譯，重慶：重慶大學出版社，2016年。頁86。）如建築物上的僭建。生活語言是居停，詩歌語言即是僭建。「花蕊」是居停，「生殖器」在這裡是僭建，符合安全標準的僭建。同樣，〈此刻，沒有親人，就不再需要親人。〉中「一隻死去的蝙蝠，在人類的肺部，尋找它的鄉愁。」裡面的「蝙蝠」「肺部」是居停，「鄉愁」是僭建。

〈光。找到我的時候，已經太遲了。〉中出現了東西對死亡的對比。在內容述說之外，詩人布置語言，藉以作出態度上的區分。且看解讀：

你看，西半球，葡萄，死於葡萄酒。（A死亡是一種普遍的認知，是一種物質轉化的現象）
東半球
艾
芬。一個膽小的入殮師（B名字分作單字，且隔行呈現，結巴的述說中顯示恐懼，如果我處理，會把形容詞「膽小的」刪去。）

借殼技法與僭建語言——略析郭金牛詩〈黃泉雜貨鋪〉

發現
一名孤獨的屍體
旁觀空氣中的氧份
下降。

我的目光穿過玻璃。杯。（C這裡把玻璃杯分為「玻璃」與「杯」，為下文的葡萄酒分為「葡萄」與「酒」作出對應。光穿越玻璃，光卻蘊藏於每顆葡萄裡。這便是中西對待生命態度的差異。）
與死去的葡萄對視，這次，酒，並不像情人
穿過玻璃來看我。而是酒中的水，我把她當酒喝
葡萄。葡萄。
光。最先從黑暗中找到我（D這裡有春天還會遠嗎的信念）

其實，詩歌中所有對醜惡的描述和對現實的批判，都懷有作者的夢想在。美國評論家希利斯・米勒（J.Hillis Miller）以為「文學是世俗的夢境」，他說：「譬如萊布尼茨的『不可共存的世界』，或博爾赫斯論『巴別的圖書館』或薩特論『想象物』。」（見《文學死了嗎》，米勒著，秦立彥譯，桂林：廣西師範大學出版社，2007年。頁72。）都說詩人是時代的叛逆者，然詩人一無所有，剩下的

只有詩歌，在〈所有的詩歌，都不能說出骨頭斷裂的聲音〉裡，詩人對另一個詩人說：「昭，這人間都不要你了，你還抱著你的詩歌和信仰做什麼」，詩歌確然是軟弱的，變改不了這個崩壞的世界，況且現實裡，太多的詩歌在妝點這黑暗的人間世，所謂傷心，總抵達不了痛處，「聽說很多人幸福得不得了／長得像林姑娘的睛雯，在天上做起了花神／老科恩一高興／又手淫了」，這裡的手淫，也是意淫。然則，郭金牛這組〈黃泉雜貨鋪〉，確然驚世駭俗，有言在先。

（2023.8.26凌晨4時婕樓。）

詩歌裡的萬綠湖
——一荷詩略議

　　阿根廷詩人博爾赫斯說：「我的生命重心是文字的存在，在於把文字編織成詩歌的可能性。」（《波赫士談詩論藝》，波赫士著，陳重仁譯。臺北：時報出版社，2022年。頁131。）文字得連接穿越好幾個關隘方成為一首優秀的詩歌。這是成詩的一個過程。首先是「文字關」。詩人總不能欠缺最起碼的語文修養。其次是「技法關」。這是判別詩與非詩的考驗。詩歌是述說，如何述說攸關重要。詩人要通過日常語法（語法與修辭）而抵達文學，這當中便出現「分行」「陌生化」「張力」「排序」「定義」「意象」「象徵」等一系列的技法處理。如果都沒有，那便是純粹依仗「分行」而成的新詩。分行，是新詩文本最基本的要素。再次是「生活關」。這是詩人與一首作品的距離，詩人與文字的距離。詩是技法的產品，還是生命的產品，兩者截然有異，生命的介入讓文字有了脈搏。最後一關是「悟關」。到了這裡，便不容易說清楚，許多詩

人終其一生，勤勞書寫，都是在操弄文字把戲，而終不悟。這便是天賦，強求不得。

　　河源詩人黃貴美，筆名一荷。我喜歡「一荷」這個名字，飽含美學。這是道家「一生萬物」的「一」，也是「孑然一身」的「一」。河源的文化歷史極為悠久，曾發現恐龍蛋與恐龍骸骨。這個丘陵地小城卻擁有萬綠湖（新豐江水庫）這般融合了人工與自然的美景，可謂是一方福地。一荷的詩，便即河源詩歌中的「萬綠湖」：既擁有語言之技法而同時具有語言自然之美。詩集中明顯書寫萬綠湖的，凡六篇：〈萬綠湖情結〉、〈看萬綠湖〉、〈春游萬綠湖〉、〈忐忑〉、〈故鄉〉、〈杜撰一個春天〉。當中〈萬綠湖情結〉最能代表這種書寫：

　　　　詞語有草木幽深的味道
　　　　長的短的像翻飛的白鷺
　　　　我不知道如何讚揚你瀲灩的水光
　　　　也不知道如何歌頌你浩渺的煙波
　　　　我寧做微風中的一葉扁舟
　　　　也願做大雨中岸邊低頭的芭蕉
　　　　更願隔著弱水千重為你
　　　　指尖如筆，寫下萬語

句句是你

　　一方湖水在詩人筆下，便即詩興的源頭。詩人把詩擬作萬綠湖，把詩歌組成的單位（詞語、長的短的句子）看作湖裡的草木與禽鳥，而自己即消隱於其間。湖自有它的涯岸，詞語自有它的邊界，而詞語的邊界要比地理的邊界更為遼闊。這即巴什拉等空間詩學所說的「空間呈現出敘事及時間的美學轉向特徵⋯⋯是一種表現策略。」（見〈卡爾維諾的詩學思想及創作〉，刊《思考空間》，麥克・克朗主編。）

　　懷抱之外，萬綠湖於詩人自是別有寄意，「這個和風細雨的初見／便是我整個唐朝」「我折一枝煙柳沐雨插下／攏了攏思緒／把相思，環湖撒下」「思念很久遠／相見很短暫」「青溪溯迴泉水潺潺／耳朵都會孕出一座春山／和十里桃花」，這些醺飽情懷的詩句，既是抒情，也是一種生存狀況。當某個空間成了固定不易的存在，其意義便不止於曾經發生過的事情，出現於過往，而成了超越時空的存在，化為細微的狀態，滲入詩人的詩作裡去。這是萬綠湖之於一荷，其隱性的存在。在〈故鄉〉裡，詩人三次表白了對城市生活的不習慣：

　　　　這座城市老不下雨

我不習慣（首節）
　　這座城市高樓林立
　　我不習慣（中節）
　　這座城市霓虹不息
　　我不習慣（末節）

　　那個讓購物單變成詩歌的美國詩人威廉斯（William Carlos Willams，1883-1963）認為，詩歌應從「當地」取材。他曾提出「不要囿於觀念，只在事物中」（no ideas but in things）的創作主張。一荷為詩，深明此道。其作品均與生活息息相關。題材自有大小之別，然題材卻不能決定作品的優劣。這雖是常識，卻也是許多藝術家包括詩人的誤區。雕刻家羅丹的五個「加萊義民」會較孤單的「沉思者」更具藝術價值嗎？詩聖杜甫的〈北征〉會較〈秋興八首〉更具藝術價值嗎？於詩人而言，只要有誠，即所謂題材並非欄柵，一枚海螺可以聽見大海浩渺，一方郵票可以牽引百年歷史。一荷的〈老師的表達〉是一位平凡的教師的教學絮語，卻折射出時代的影子。詩如後。

　　紅領巾，白球鞋，藍校服
　　空氣清新，紙鳶高飛，布穀歡叫
　　具體到一個人

比如三（3）班的小芳
齊劉海，長辮子，嬰兒臉
她舉起小手敬出標準的隊禮

再比如五（1）班楊柳青
放學了，她一個人在丁香樹下徘徊
只因為老師說過丁香暗喻老師的品質

我沉默地坐在窗前
欲把知識長河寫在黑板上
一直寫下去

　　作為一個教師，在專業培訓與經驗積累中，當然會有許多牢固不破的「觀念」壁壘其間，然一荷讓自己置身於學童中，親切感受，才能寫出如斯清新脫俗之作。首節色調分明，語意堅定，十足老師的口吻，然「具體到一個人」便擺渡到詩歌語言裡去。二節和三節指涉到真實的人物，由廣角轉為特寫。兩位學童，一重紀律，一愛學習。縷刻學生的名字，讓詩句的榮譽真實地加諸學童身上。末節自省，對自己作出毫不猶疑的肯定，傳道授業解惑便如此一直下去。詩裡出現的三個人物，堪比一幅色彩斑斕的校園生活畫圖，

讓人看到時代的安好與希望！故知題材並不在大小，關鍵是詩人在處理個人經驗時，能否開敞閘門進入時代的「公共空間」裡去。

把自己置身空間裡，最終也把自己置身於文字中，這是詩人一荷的詩歌特色。這是書寫的角度。當然詩之技法不止一個路數，其穿越自然景物而寫的愛情詩，即具「移情」的視角。如〈一枝桃花〉的「人群中我只對你看了一眼／就像整個春天／我只贈了你一枝桃花／不能再多／再多一枝／乍洩的春光就會爭先恐後的鑽出來／次第開放」。而〈一首詩〉的「我在一首詩裡／寫風，寫花，寫雪，寫月／寫山川，寫冰稜，寫星辰，寫意象／心中所缺少的你愛我的那部分／都在字裡行間中彌補」，更表明一種詩歌療癒作用的可能性：所有對自然的書寫，均投射了「你愛我」之應和。這首詩讓我想起波斯國神秘主義詩人魯米（Mevlânâ Celâleddin Mehmed Rumi，1207-1273）的〈在對與錯間〉，兩者容或「補闕」手法有所不同，然卻同出一轍：

在對與錯間有一片廣袤的田野，
我將在那裡等你。

Somewhere beyond right and wrong,
there is a vast field, I will meet you there.

一荷在〈春天的藥方〉寫對母親的愛，有如此句子：「您記得土地長出的每一種草木／卻唯獨不認識我」。淡泊的文字背後是濃厚的哀傷。確實，一荷的詩遍植花草樹木，可謂葳蕤繁盛，恍若一座花園的文字。匆匆拈來，凡二、三十種之譜：櫻花、梅花、桃花、山茶、藤蔓、金櫻子、菊花、太陽花、茉莉、杜鵑花、銀杏、楓、桂樹、蘆葦、紫薇、艾草、鳳凰樹、酢漿草、鳶尾花、蔥蘭、藍楹花、茼蒿、銅錢草、桐花、豆角藤、杜英花、薔薇……孔子評《詩經》，有「多識於鳥獸草木之名」句，被認為是詩歌知識性的教化功能，但進一步看，我們在認識自然的過程中，對自然產生了情，進而達致人與自然的共融相依的境界。讀一荷詩，既識四時花草，也賞自然之美，並受之潛移默化。知識與品格並存，完全反映出詩人一荷精神上崇高的教師本質。

最近，我為一本新世代的詩選集題辭：「寫詩，只能仗賴於語言，最終回歸於一種獨處的方式。」詩人一荷獨處，是「人和」的優勢；河源有萬綠湖，是「地利」的優勢；如今一荷把握「天時」的優勢，出版詩集《南風靜靜地吹啊吹》，可予厚望自是必然。

（2023.10.12凌晨3時水丰尚。）

口述與書寫，瞬間與悠長
──談王東岳詩〈逝去〉

　　河南鄭州市一名基層市民凌晨兩點開著三輪摩托車，把盛載著的新鮮棗子送到市場去售賣。途中遇上嚴重車禍，命喪當場。這位消失了的美麗的靈魂，他的女兒是詩人王東岳的親密女友。當下東岳趕到現場，目睹如此悲悽的場面，束手無策。因為不能破壞肇事現場，什麼都做不了，只能焦急地等待。他拿出手機，以語音方式寫下了〈逝去〉此詩。當然，後來有作出修改。詩一氣呵成，一節二十八行。我可以想像當時的畫面，詩人跌倒地上，他的女友在旁飲泣，而他拿著手機，看著災難現場和他的「準岳父」，「說」出這首詩來：

　　01昨晚兩點／02你本該有完整的身體／03你站在高架橋上，將自己／04瞳孔散開的血擦去／05把眼睛好好兒地，心疼地包回眼皮／06頭上，全身的血，像剛洗完澡一樣擦乾／07重

新穿上浸滿雄心的襯衣／08拎起颯爽的肩／09你躺進被單，倒回急診車，匆忙趕來的女兒／10倒回／11五月冬雪一般冰冷的草黃色路燈／12甚至倒回／13──我與你喝酒，那時你像未捆牢的竹筏／14漂浮在酒的海上，和親戚口中／15往前，擠壓損失殆盡的時間／16血黏住橋面，差別已經產生／17往前，你站起來了，斜飛在半空／18再往前，你豪邁地行走著，性命攸關／19車快挨著你了，一切還沒變／20你最後一刻／21能否接住，萬能的手／22倒在懷裡，躺在手上／23幻想重複那隻手／24像眼淚還留在體內，還沒有滴入／25令人仇恨的大地／26像一早醒來，尖崗水庫仍掛在小房間／27破舊的綠窗框上，窗外藍色，金黃色／28仍和你一起溫暖地躺著

　　我很痛恨這麼一句冷漠的醫學句子：「受害者已無生命體徵。」詩歌的語言卻總是有溫度的，縱然有時詩人冷漠以對或故作旁觀，其句子卻都是具有不穩定的熱度。這首「製成品」應該不是當時面目。我倒很想看看這首詩的「口述版本」，或不會比後來在書齋裡修改的「書寫版本」為差。這將是很有意義的對比。孔子刪詩三百，就是把當時流傳於民間的口述版本改為書寫版本，並刪去大部分不能改動的作品。

此詩首句便堅定地否定了「口述版本」，以回憶取代當下性。這可見詩人寫作態度的嚴謹。所謂詩，其意義即是把口述轉化為書寫的過程。口語的情懷總更真更濃烈，具感染力。詩歌創作即是把這種真而濃厚的感情加以文學性的處理，成為藝術。第02至09行寫車禍後傷者的慘狀。詩人以「美化」的筆法來述說，這便即「詩法」，帶來「具象」的藝術震撼。這美，非世俗所認知的，而為一種真相的存在，在詩人的點撥下呈現。此幾行的處理極為高明，活人與死屍混雜登場，讓詩歌出現巨大的藝術震撼力，生死的隔閡竟如此接近，這是詩歌極其濃重的人文關懷：雖死若生。10行開始以「倒回」寫往時喝酒的日子。這是詩的第二部分，至第14行而此。

　　第15行開始倒返到車禍的瞬間。是詩歌著力處。三個「往前」，把車禍瞬間的時間化成三個定格。因為往前，所以第15到19行倒著來讀，才能理解：

　　　　19車快挨著你了
　　　　18你豪邁地行走著
　　　　17你斜飛在半空
　　　　16血黏住橋面
　　　　15擠壓損失殆盡的時間

其詩藝犀利若此。在命懸一線,所謂死亡之剎那,詩人以「手」來牢牢握著。這隻手,是所謂的「萬能的手」,能接引死者往樂土。在最後關頭,詩人展露他對死者的善良願望。

從第26行開始,布置詩的收束。詩人想像當日的一幅人間靜好的景致:酒醉了一起躺著看綠窗框外的尖崗水庫。這裡相伴的人,可以是他的女友。我們的美好時光,因為女友父親的一起意外而破滅。生命的時間彷彿仍然如此悠長,悲傷之中又如此柔軟。字詞間潛在的對比力量巨大若此,讓人為一件災禍感到極大的痛。死亡只是剎那間,存在與回憶卻悠長如假期。詩人在處理這「瞬間」與「悠長」的兩種時間,別出心裁,成就佳構。

然這首詩並非僅止於悲情,其骨子是帶有批判性:對生命存在與消失的批判。我要指出,凡細微的書寫都帶有批判性。因為細微帶來質疑。此詩的述說,無不從細微處著眼,為對生命產生了無數的「為何如此」(粵語:點解會咁)的極大質疑。法國評論家阿蘭・巴迪歐(Alain Badiou,1937-)在〈文學在思考什麼〉中說:「文學則是徹底摸清了欺騙、忘恩負義、自私和愚蠢,因而文學是一種批判。」(見《文字即垃圾——危機之後的文學》,白輕編,重慶大學出版社,2016年。頁386。)生命騙了我們,惟有詩人清醒知道卻無能為力。

王東岳嗜寫作,如食如命。已寫下《阿德萊德》等好幾個長篇

小說，和一大疊的詩稿，並編撰了《漢語現代詩選第一輯：悲歌》一書。

（2024.3.15晨6:40婕樓。）

港澳與海外篇

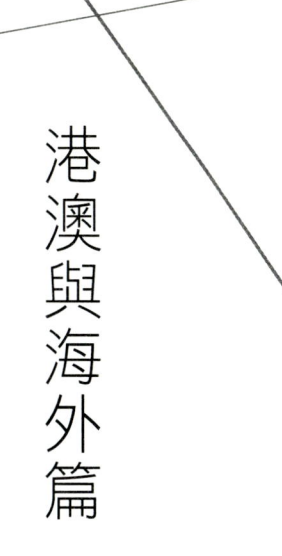

語言與詩意，反與不反
——鷗外鷗詩作漫議

01.鷗外鷗與劉火子

香港白話詩的發展有極為良好的啟軔。上世紀三、四十年代的中國正處於動亂時期，作家與詩人們陸續南漂香港，為香港白話文學的發展播下了優良的種籽。就新詩方面來說，鷗外鷗與劉火子即是後來茁壯為大樹的兩顆種子。

劉火子的生卒年是：1911-1990，鷗外鷗的生卒年是：1911-1995。除了生卒年，兩人的生活和創作軌跡也很近似。據「東莞市現代作家介紹」網站刊鷗外鷗的生平如下（節錄）：「歐外鷗是東莞市現代作家……1912年出生，原名李宗大。廣東東莞虎門鎮人。1936年在廣州、香港任中學教師。1940年後歷任香港國際印刷廠經理，桂林新大地出版社編輯，廣州國民大學、華南聯合大學、華南

語言與詩意，反與不反——鷗外鷗詩作漫議

師院副教授，中華書局廣州編輯室主任，總編輯。中國作家協會廣東分會顧問。1929年開始發表作品。1996年去世。著有詩集《鷗外鷗詩集》、《鷗外鷗之詩》，兒童詩集《再見吧，好朋友》、《書包說的話》等。」

與鷗外鷗同時而生平軌跡相近的，那時有詩人劉火子。據劉火子女兒劉麗北主編的《紋身的牆——劉火子詩歌賞評》一書，其於封口折頁中，對詩人的簡介如下（節錄）：「劉火子（1911-1990）曾用筆名劉寧等，祖籍廣東台山，生於香港，卒於上海。二十世紀三十年代在香港先後任《大眾日報》記者，《珠江日報》國際版編輯、戰地記者……1950年任香港《文匯報》總編輯；1951年任上海《文匯報》副總編輯……1940年出版個人詩集《不死的榮譽》……二十世紀八十年代再度創作詩歌，並撰寫回憶文章，在香港《文匯報》及上海多家報刊發表。」[1]

這裡擬一簡單的表列，以示兩人於文學研究上具有其可比性。其生於相同的時代，生活軌跡相近，創作上同具有「香港因素」。然兩人的詩作卻大異旨趣，這是一個極具價值的研究課題。

鷗外鷗	劉火子
生卒年：1911-1995	生卒年：1911-1990
籍貫：廣東東莞	籍貫：廣東台山

鷗外鷗	劉火子
香港時期：少年時居香港跑馬地，1925年赴廣州。1937年返港。1942年赴桂林。1991年赴美國。	香港時期：1941年前的活動軌跡都在香港。1942年北上韶關，輾轉桂林、重慶等地。1947年重返香港。1951年離港到上海。
主編文學雜誌：1937年任香港《詩群眾》主編。1942年任桂林《詩月刊》主編。	主編文學雜誌：1934年任香港《今日詩歌》主編。
著作：詩集《鷗外詩集》（1944年桂林新大地出版社），詩集《鷗外鷗之詩》（1985年廣州花城出版社）。另據《詩場》第2期（1937.6.15）所載，鷗外鷗與柳木下有共同詩集《社會詩帖》，惟後來未見出版。	著作：詩集《不死的榮譽》（1940年香港微光出版社）。

　　大略言之，劉火子詩歌傳統而寫實，鷗外鷗則西化而現代。後者的詩歌具強烈的實驗性，這呈現在當時象徵派流行的「混語寫作」和未來主義的「視覺美學」上。同是處理國際性的題材，劉火子的〈棕色的兄弟——迎印度救護隊來華〉有「今天，喜馬拉雅的山屏／隔不絕我們正義的交感。／中國是為世界和平為弱小民族而鬥爭的呀／所以你們遠涉重洋，／辭別了加爾各答與孟買的繁華」[2]，如此感情充沛、明朗直白的書寫。而鷗外鷗的〈無人島先佔論——法國進軍無人島事件〉的句子卻是「南海之南／鹽味的空氣中。／無晝無夜／做著思慕的美夢。」[3]講究詞語之新穎，並竭力保持其抒情性。學者解志熙評論這首詩說：「這首詩的絕妙之

語言與詩意,反與不反——鷗外鷗詩作漫議

處,是巧妙借用新感覺派小說裡常見的男女欲望遊戲書寫和現代派詩的愛情詠嘆濫調作為裝飾,戲擬帝國主義搶佔為先的強盜邏輯,可謂別出心裁、善為喻也,很有顛覆性,讀來讓人忍俊不禁。」[4]這可見二人詩風上明顯的差異。

02.鷗外鷗的詩歌語言

　　鷗外鷗是個時宜不合的詩人,以致其詩歌長時期處於一個幽暗之地,鮮為人注目。《香港新詩選1948-1969》[5]一書裡並無鷗外鷗的名字其中,明顯是一個疏忽。鷗外鷗的創作大體分為前、後兩期。「前期」指三十年代開始,輾轉於廣州、香港、桂林等地的階段。作品都是詩人在時局動蕩中流離狀態下創作出來的。1963年之後的十五年間,鷗外鷗中斷了創作,直到七十年代末才重出文壇。是謂「後期」。這段戰後時期的創作,詩人蟄居廣州,復移民美國,相對安穩。香港學者陳國球統計香港中文大學「香港文學資料庫」的收藏,得出「鷗外鷗由1983年到1994年(謝世前一年),11年間在香港發表的詩文以及素描超過60篇(幅)」[6]。

　　香港學者陳智德編的《三、四〇年代香港詩選》[7]一書裡,鷗外鷗忝列其中。當中收錄了詩人的詩五首,分別是:〈軍港星加坡的牆〉、〈狹窄的研究〉、〈和平的礎石〉、〈禮拜日〉、〈文明

人的天職〉。

　　鷗外鷗的詩一以貫之，呈現題材與形式的多樣化，但其思想核心卻趨近一致性，即對當下的現實作出反對與批判。1944年出版的《鷗外詩集》裡，詩人把這51首詩作分為六輯：（一）地理及政治詩，（二）香港照像冊，（三）被開墾的處女地，（四）社會詩，（五）抒情戀詩，（六）童話詩。從題材和時期劃分中，大略知道詩人的創作取向，簡要言之，其詩言之有物而具價值，絕非無病之吟哦。學者陳國球在〈左翼詩學與感觀世界：重讀「失踪詩人」鷗外鷗的三、四十年代詩作〉一文中指出：

> 以《鷗外詩集》的分類看來，前四類作品都屬「介入現實」之作。一、四兩類不用說，二、三類分別以「香港」和「桂林」為焦點，但關注的也是兩地的政治現實。再細心看，即使第六類「童話詩」中的〈父的感想〉、〈時事演講〉、〈怕羞的鼻巾〉、〈肚餓的鼠〉、〈乘車的馬〉，在童趣之間，也瀰漫著戰亂的陰霾。[8]

　　以下就所收錄的五首詩，作細微的剖析，以管窺其詩歌語言藝術上之審美特質。〈軍港星加坡的牆〉[9]是一首長詩，12-18-10-12-6五節共58行，附3個注。此詩有兩處把字體放大，不由文字的

內在涵義而由外在的視覺形象來作藝術的強化：前面的「5千3百萬噸」指貨船的噸位，字體與正文大小相同，後面的指殖民者運走的貨幣重量，字體放大並重複，把一個科學數字賦以情緒並如烙印般烙在讀者心裡。第四節談到日軍終必佔領香港，詩人的鋪排是這樣的：

> 大不列顛遠東的經濟底吸盤匯豐銀行的屋頂上，
> 屹立了大不列顛的皇冕；
> 也屹立了一個纏住了紅頭巾的印度巡查。
> 向東經線140度
> 握了望遠鏡。
> 東洋無賴漢卻陰謀把他一拳擊倒。
> 佔領了香港！

　　座落於香港島中環的匯豐銀行總行於1936年的原貌，是我童年時代的記憶之一。因為那時的迷你塑膠匯豐銀行總行錢罌是我童年時的玩物之一。我也曾在彌敦道上看過纏住了紅頭巾的印度警察。在某種意義上說，詩歌也是一種歷史的書寫。按阿里士多德在《詩學》中的說法：歷史記述已發生的事，詩歌則描述了可能發生的事。詩歌常是對歷史記載的細微補充或佐證。此詩寫於1936年日

本侵華前夕,有「東洋無賴漢卻陰謀把他一拳擊倒。／佔領了香港!」1941年底日本則佔領香港,英軍撤退。香港開始了三年零八個月的黑暗日子。詩裡預言可能發生的事,終於成為事實。

　　鷗外鷗的詩歌常見混搭了「生活語言」「學術語言」「詩歌語言」而成,大致均能融合不抵觸。〈狹窄的研究〉[10]即是一例。此詩22-12-4-8-3五節共49行,便有如此的混搭。在散文的述說與詩歌的象徵中夾雜了學術語。讓我想起英國蘇格蘭物理學家麥克士韋(James Clerk Maxwell,1831-1879)的詩〈一個男電報員給一個女電報員的愛之訊息〉中的首節:「我靈魂的嫩鬚與你的纏在一起／雖然兩者相距不知多少里,／而你的盤卷在線路中的靈魂／圍繞著我的心,與心上的磁針。」[11]同樣的把三種語言無縫地混搭在一起。鷗外鷗此詩寫狹窄的空間限制了香港的發展,樓宇都往天空延伸。語言深具藝術性,冷熱相濟。既有「不建築在土地上。／建築在浮動的海洋上,／建築在搬場汽車上,／我們的住宅／大陸浮動說並非謬論／住宅也浮動說的不可固定。」的冷,也有「香港,炊煙的霧已四起。／早霧的港,／遍植了萬萬億億的廚房煙突的森林場呵。」的熱,寄寓了他對這個城市的熱愛。學者張淩遠在〈禾桿蓋住的珍珠——現代性視域下的鷗外鷗詩歌〉一文中指出:「小時候在香港念書,長大後又因廣州淪陷重回香港。在鷗外鷗的人生中,香港從來不是常住地,更像是一個防空港。」[12]然而從諸如〈大賽

馬〉等作品裡,不難發現詩人對香港所傾注的關懷,尤甚於他所書寫的上海和桂林的詩篇。

〈和平的礎石〉[13] 2-23-3三節28行。以第十五任港督梅含理爵士(詩第3行,其任期由1912.7至1919.9)的雕像為題材。詩深具技法與布局。首先,詩人把這個雕像藝術化成一個「意象」。這個人物雕像究竟形象如何,詩並沒有直接摹描,但卻清晰的浮現:

> A 在大理石座上:第15行「日夕踞坐在花崗石上永久地支著腮」,B 銅像:第10行「金屬了的總督」,第17行「生上了銅綠的苔蘚了——」,C 與著名雕塑羅丹沉思者的形象相似:第4行「從此以手支住了腮了」,第26行「手永遠支住了腮的總督」。

其次。詩的第五行「香港總督的一人」是詞語的細微布置,比較「香港總督」的說法其差異明顯可見。詩人對殖民統治者是蔑視的。且看全詩:

> 東方國境的最前線的交界碑!
> 太平山的巔上樹立了最初歐羅巴的旗

SIR FRANCE HENRY MAY

從此以手支住了腮了
香港總督的一人。
思慮著什麼呢？
憂愁著什麼的樣子。
向住了遠方
不敢說出他的名字，
金屬了的總督。
是否懷疑巍巍高聳在亞洲風雲下的
休戰紀念坊呢。
奠和平的礎石於此地嗎？
那樣想著而不瞑目的總督，
日夕踞坐在花崗石上永久地支著腮
腮與指之間
生上了銅綠的苔蘚了——
在他的面前的港內，
下碇著大不列顛的鷹號母艦和潛艇母艦美德威號
生了根的樹一樣的。
肺病的海空上
夜夜交錯著探照燈的X光

縱橫著假想敵的飛行機,
銀的翅膀
白金的翅膀。

手永遠支住了腮的總督。
何時可把手放下來呢?
那只金屬了的手。

　　學者解志熙在〈現代及「現代派詩」的雙重超克——鷗外鷗與「反抒情」詩派的另類現代性〉中說:「該詩在語言上的最大特點,乃是其不動聲色、不帶感情的反抒情語調,看似淡然隨意、有問無答的詩句裡含蘊著一種異常冷峻、啟人思索的詩意深度,較諸一般慷慨陳詞的批判性詩作,具有格外耐人尋味的意味。」[14]這是詩人營造出的一種語境,變改了詞語的本質,而達致更深的藝術果效。「金屬了的總督」「肺病的海空」「銀的翅膀」等,具有當時現代派詩歌的外在標記。

　　〈禮拜日〉[15]是一首3-5-3-2四節13行的短詩。結構極其精緻。詩中的「禮拜寺」指的是香港灣仔區大佛口中華循道公會禮拜堂,為一古老的紅磚建築物。今已拆卸重建。影像能保存昔日的面貌,但文字卻保留了舊時情懷。非但教堂變了,北角泳棚也早因為海港

的繁榮而消失。「禮拜寺」出現了三次,有形有聲,可老百姓們在禮拜日不上教堂,只去遊樂或賭博。「電車的兔」指乘客,善良的香港市民。末節諷喻,詩人刻意把教會背後的「神父」拉到台前,帶有揶揄之意。此詩深具地方色彩,詩意濃郁,這種風格的作品在鷗外鷗詩裡是異類。但卻證明了詩人具有創作主流抒情的能力。全詩如後:

> 株守在莊士敦道、軒尼詩道的歧路中央
> 青空上樹起十字架的一所禮拜寺
> 鳴響著鐘聲
>
> 電車的軌道,
> 從禮拜寺的V字形的體旁流過
> 一船一船的「滿座」的電車的兔。
> 一邊是往游泳場的,
> 一邊是往「跑馬地」的。
>
> 坐在車上的人耳的背後聽著那
> 鏗鳴著的禮拜寺的鐘聲,
> 今天是禮拜日呵!

感謝上帝！
我們沒有甚麼禱告了，神父。

〈文明人的天職〉[16]為「香港的照像冊」系列中的一首，一節共19行，附一個注釋。詩中的「文明人」在詩人設計的語境中，是具有否定性質的「反語」（irony）。詩句既委婉諷喻也直戳要害如匕首。第2行的「犬頭」與第9行的「被達姆彈所槍擊無辜而受苦的染血的花」形成強烈的對比，是本詩精彩之處。且看：

汝等襟上佩戴著
S.P.C.A.的犬頭旗先生、太太。
何等的慷慨！
何等的仁愛！
汝等反對虐待畜牲，
乃文明人所必盡的責任，文明人必有的道德
　　文明人所必有的善良。
偉大的人格偉大的正義。
請汝等也佩上此朵被達姆彈所槍擊無辜而受苦的染血的花
　　吧！
責任與人格不容汝等閃避，

> 汝等亦無需含羞赧顏閃避而過的，
> 我們四萬萬五千萬的男和女老與少的生命和汝等的生命一
> 　樣，
> 乃自然所賦予！
> 有不可犯的生命之自由！
> 現在卻慘遇了不文明的侵犯的兵災，
> 死亡相繼在我們的國家邦土，
> 流亡分散在汝等的歡樂幸福的街頭巷尾奄奄待斃。
> 汝等反對虐待畜牲，
> 汝等何不反對虐待人類？
> 何故硬不反對虐待人類？

　　此詩揭穿了英國紳士面具背後的偽善與民族優越感。這種與時代密切相關的作品，必得置於當日獨特的時空去解讀。遲至五、六十年代，英國人對香港的霸凌行徑仍光天化日下地施行，那是我的童年時代。在彌敦道上，警察會把越過他前面的市民拉回後方。豉油街上，洋警司領著四、五個同僚在大牌檔大吃大喝不付錢。山東街賣西瓜的老小販被手鐐鎖在欄杆上。帝國主義殖民者對殖民地人民的欺壓與迫害自是慣見平常。那個時代，洋人的寵物狗的確比一個香港老百姓來得矜貴。一個人對一個人的仇恨可以畢生，但一

個團體對一個團體的仇恨卻常能以德報怨，因為受害者是你幾代前的先祖。而道德讓你站在高地而成為高等華人。且看香港作家洪慧在其〈國族情感勒索〉一文中論及此詩說：「〈文明人的天職〉全詩極為偏頗，甚至到了不能卒讀的地步。」她從政治角度去解讀詩意，指出詩人陷入了「幫助中國就是文明人的天職，然後將其餘的道德美事都貶為次要、虛偽，不然就是對道德國族有虧，這實在是非常專橫。」文章最後歸結到本土性寫作的議題，說：「當香港詩人真正擺脫了國族情感勒索，詩歌才能開出截然不同的審美，甚至以香港為本位的一套政治道德，概而言之，也就是本土性的發軔。」[17] 此文既曲解詩意，復對本土詩歌有嚴重的偏差認知。

03.三反乎：反詩歌、反詩意、反抒情

鷗外鷗的詩歌，與傳統詩歌的風格大異其趣，或說，不與主流詩體的風格同流而標新立異。智利詩人尼卡諾爾・帕拉（Nicanor Parra，1914-2018）曾提出「反詩歌」（antipoemas）的風格論述，認為要放棄傳統詩歌語言中的矯揉造作與浮華詩意，而追求真切而精到地捕捉現實，以輪廓分明的諷刺、白描和直率的黑色幽默傳遞思辨而率真的詩歌特徵。鷗外鷗的某些詩歌，確然與這種主張吻合，具有反傳統寫作的傾向。但那是與時代息息相關的，是特定時

空底下的產物,是詩人創作上的一種自覺,為了讓詩歌更能發揮社會效用。那些類近吶喊而毫不掩飾的句子,不成為詩人創作上的缺失或瑕疵,而是詩人詩觀的實踐。

　　白話詩因為掙脫格律音韻,「詩意」便被認為是白話詩的基本藝術特質。但詩意卻是不具形體、無法捉摸的。美國評論家斯坦利・E・費什在〈文學在讀者中:感受文體學〉中說:「只有深層結構才決定意義。」[18]詩人如何處理作品的深層意義,讀者如何提取作品的深層意義,都直接影響詩意的產生。唐朝詩人劉禹錫〈魚復江中〉的「客情浩蕩逢鄉語,詩意留連重物華」,德國詩人荷爾德林的「詩意的棲居在這片大地上」。這裡的詩意一詞都含有與現實對立的褒義。論者有以為鷗外鷗詩作有「反詩意」的情況。指他的詩多諷喻現實,語言具批評與理性邏輯,強調一種訊息的傳達,因而是「反詩意」的。然鷗外鷗有的小詩,與其廣為人知的那些作品截然不同,接近於抒情小調,有濃厚的詩意美。如〈印度尼西亞印象〉[19]:

　　　　懶洋洋的吉他
　　　　懶洋洋的印度尼西亞
　　　　躺在吊床之上
　　　　在眉月之下

棕櫚樹夜空中搖曳

樹葉響沙沙

又如〈都會的憂鬱〉[20]：

我的住宅沒有一寸過剩的土地，而鄰家的竹籬內卻種著許多抒情植物——

主人咬著板煙斗

坐在院子裡讀早報

無憂無慮地把經濟版新聞翻過背去

一個窮人的《知覺》

雨雀又鳴了

紙窗外

雨無聲的下著了吧

學者解志熙說：「從抗戰初期到抗戰中後期，一直堅持不懈，特別自覺地追求一種反抒情的知性詩風，成為戰時左翼詩潮中獨特的一支，可稱之為反抒情詩派。其代表性的詩人就是鷗外鷗、胡明樹和柳木下。」[21] 這裡的「知性詩風」是反抒情的作品藝術特色。

譬如鷗外鷗為人熟知的〈愛情乘了BUS〉[22]，便是一篇以愛情為題的批判寫實而非浪漫之作：

> 老奶奶的「愛情」
> 不管她本人願意不願意
> 被罩上紅頭巾蒙了眼睛
> 塞入轎子裡擡了來的
>
> 少奶奶的「愛情」
> 說是一廂情願白頭偕老（簽了約領了證書）
> 坐了小汽車回家的
> 可跟老奶奶一樣下轎下車不能隨意
>
> 而──
>
> 姑娘的愛情
> 卻乘了BUS（公共汽車）
> 自己愛上哪一輛便上哪一輛
> 合則留坐到終點站
> 不合則半途而廢

> 自己下車
> 又挑過另一輛BUS揚長而去
> 對搭錯車一笑置之

愛情經三代人的演變，已從舊日的盲婚啞嫁到現在的自由戀愛。詩人以乘坐大眾交通工具巴士為喻，諷喻年輕人於愛情的嬉玩態度。

香港詩歌的源頭上，曾經有一隻羽毛雪白閃亮的鷗子站立在鷗群之外，好比「驀然回首，那人卻在燈火闌珊處」所描摹那樣。這只離群索居的鷗子，是詩人鷗外鷗。在當今浮躁的詩壇裡，被消失又被發現，而最終會永恆地向寂靜飛去。

（2023.5.15早上11時婕樓。）

注釋

[1] 《紋身的牆——劉火子詩歌賞評》，劉麗北編。香港：天地圖書公司，2010.12。該書載有〈劉火子生平及文學創作簡歷〉一文。
[2] 見《不死的榮譽》，劉火子著，香港：微光出版社，1940。
[3] [19] [20] [22] 見《鷗外詩集》，廣西：桂林新大地出版社，1944。
[4] 見解志熙〈不降的兵——鷗外鷗戰時詩作引論〉，刊《文藝理論與

批評》第六期，2022.12。
[5]　《香港新詩選1948-1969》，黃繼持、盧瑋鑾、鄭樹森編，香港：中文大學出版社，1998。
[6]　見陳國球〈左翼詩學與感觀世界：重讀「失踪詩人」鷗外鷗的三四十年代詩作〉，刊《政大中文學報》第26期，2016.12。頁173。
[7]　《三、四〇年代香港詩選》，陳智德編。嶺南大學人文學科研究中心出版，2003。
[8]　同[6]。頁161。
[9] [10] [13] [15] [16]　見《三、四〇年代香港詩選》，陳智德編。香港：嶺南大學人文學科研究中心，2003。
[11]　見童元方著《水流花靜——科學與詩的對話》，香港：牛津大學出版社。2003。頁213。
[12]　張凌遠〈禾杆蓋住的珍珠——現代性視域下的鷗外鷗詩歌〉，見《陰山學刊》第27卷第4期，2014.8。頁52。
[14]　解志熙〈現代及「現代派詩」的雙重超克——鷗外鷗與「反抒情」詩派的另類現代性〉，刊《文學與文化》，2011年第四期。頁45。
[17]　洪慧〈國族情感勒索〉，見網站「微批」https://paratext.hk/，2020.4.26。
[18]　斯坦利・E・費什〈文學在讀者中：感受文體學〉，見《最新西方文論選》，王逢振等編。廣西：灕江出版社，1991。頁71。
[21]　同[14]。頁36。

李藏壁詩的港味

　　詩人李藏壁即將出版其第五本詩集《燭影浮生》。收錄他晚年的作品五十餘首。藏壁於詩，情深一往，老而未減其熱熾之情。其與詩人江沉的詩集《鑑石》於1967年出版。兩本詩集的時間跨度達一個甲子之久。說詩歌為藏壁終身事功，並不為過。時維二零二二年六月二十一日，藏壁在whatsapp群裡貼出他的最新作品〈珍寶海鮮舫沉沒記〉（料此詩也將收錄於本詩集中），詩三節8-5-5共十八行。詩人悲愴兩問，嗟嘆「沉沒了香港回憶和昔日金輝美麗」：

　　問巴斯海峽暴烈的風：
　　問西沙群島的海：

　　報載原泊於香港仔的「珍寶海鮮舫」自二零二零年疫情開始，經營艱難，結束營運，然未能物色買家，遂拖離海港，並於6.20因風浪沉沒於西沙群島的南中國海。海鮮舫為一艘中國宮殿式的海上

食府，是香港七十年代以來最著名的地標，曾為荷里活電影「生死戀」、Eon電影「鐵金剛大戰金槍客」的場景。詩人觸覺何其敏銳，有感而發，成就一篇充滿「港味」的詩章。其港味並不全然在題材的本土性和粵語的方言性，而在於文字背後那種「香港情懷」。但這首詩讓我馬上想到的是波蘭詩人亞當‧扎加耶夫斯基的〈嘗試讚美這殘缺的世界〉。據說這首詩寫於2001年911發生前，後來登上《紐約客》雜誌封底。「盡管這首詩本身與911災難無關，但詩歌中對家園遭毀壞後氛圍的描繪和對希望的尋覓，卻實實在在切中了美國人災難後悲痛不安的心理，這也使得扎加耶夫斯基的名字在一夜之間家喻戶曉。」（見〈界面新聞〉2021.3.22報導）香港人長久以來雖在殖民統治之下，但人情味卻更見濃厚，其具體呈現於一種「集體回憶」的文化現象。「珍寶海鮮舫」即是一例。紐約世貿雙子塔的崩塌與香港珍寶海鮮舫的沉沒，其災難性雖不能互比，但於一個城市的象徵意義卻是同質的。藏壁詩雖有嗟嘆，緬懷更多。

〈中環戀歌〉地誌明顯，對中環的描摹十分到位，「玻璃窗是中環的千瞳複眼／大會堂高座低座的斜影／印在皇后碼頭附近的海旁」，消失的皇后碼頭至此永存於詩中。大鵬展翅，志在四方。然翱翔四海，始終忘不了這個美麗的海港城市：

> 最愛在天星渡輪看星看海看燈光璀璨
> 有點透明有點渾濁有點藍藍傾斜的維多利亞
> 七點八點車子擠擠擁擁
> 九月的風大都會匆忙拼搏流汗的味道
> 然後在太平山頂極目遠眺
> 看中銀和國金的自負和輝煌

藏壁就是這樣的一個「香港仔」。但又與其他的香港仔不同，因為他用筆留下了昔日的香港。這便足以說明世局愈幻變愈動盪而詩歌愈見其價值的所在。它能保有的，在映像以外，更久遠的情懷。「藍藍傾斜的維多利亞（港）」，這便是文字的力量，有異於一幀相片。獅子山為香港之守護山，有類於東京之富士山。藏壁詩〈獅子山〉在文字迷濛中如此揭幕：

> 搖一搖扇子臨窗眺望
> 問那座高山的名稱為何
> 遙對彼岸的太平峰頂
> 億年的花崗誰操刀
> 雕塑了一隻凜凜俯伏的雄獅
> 壓鎮住八仙嶺以及爪下的睡龍

> 尾巴背著東邊的飛鵝嶺鯉魚門
> 眈眈陽光的眼神睥睨
> 中西環大都會的洋場十里

　　寫景述史，一氣呵成，情感充沛。本土香港人常引以為傲的「獅子山精神」是困厄時的樂觀互助。詩人的詮釋是「勇猛的獅子及她的巍峨威壯／自然有一種雄邁不凡的氣概」。這是詩的結尾，如果我們將這兩行剝離於全詩，便完全是散文式的，枯槁的，缺詩意的陳述。但我正要指出的是，白話詩裡的散文句子，是如何成就其「詩的述說」。4月22日《新京報‧書評周刊》發表了凌越〈威廉‧卡洛斯‧威廉斯：何謂一首詩〉一文，有這樣的說法：「好的詩歌通過不規則的重組（按：這裡指分行），能夠讓平常的句子和詞語指向更多意思，它好像要訴說更多，卻又讓人一時難以將那種詩歌所訴說的更多東西具象地轉化出來。在拋棄了現實意義的外殼後，句子從現實世界變成了一種句子本身的構成，也就是詩歌的世界。」當然這其中包含了節奏因素在，語言因為分行改變了口語的節奏而接近詩。威廉斯（William Carlos Williams，1883-1963）也因此被稱為「讓購物單變成詩歌的詩人」。

　　另一種情況是，散文句子會因為置身於特別的語境中而具有詩意。所以讀者不能拿局部來作出判斷。我們檢視文本，字詞片語在

悉心的剝落後，一句日常用語便可以蛻變為滿溢詩意的述說。本詩巧妙地以「搖一搖扇子」來貫穿。在扇子的背後，彷彿詩人佝僂的形象可見。我聯想及法國詩人斯特芳‧馬拉美的〈扇子〉：「像是語言的一道痕跡／對片片天空不過一擊／於是未來的詩句便從／它珍貴的居所升起／／因此這信使的翅膀低垂／這一把扇子彷彿已變成／你背後的那一面鏡／流散著微明的光」。扇子變成鏡，正如同詩裡的散文句，蛻變為詩。藏壁四番搖一搖扇子，終把詩末兩行散文變成了優秀的詩句。細嚼慢讀，便感到其語文功力之所在。

劏房是香港獨有的社會現象，是繁華背後的黑暗面。藏壁寫〈劏房〉，內容與形式緊密無縫，且看這些擠壓的詞句：「睡床靠著衣櫃倚著電視曲纏著電線／風扇傍著電燈旁邊廁兜廚房／逼近埋身齷齪無奈而冷漠的牆」，詩人為蒼生吶喊，訴說出這些苦難人的心聲與企盼：

正等待五年後渺茫公屋的承諾（第12行）
啊誰可帶我們去看朗月和閃星?!（第16行）

藏壁一直遠離香港詩壇，宅居城東，深宵獨自寫作。那些勤於遊走，自詡為香港本土詩人的，又能拿出幾多篇如他的充滿港味！詩人已然成為當下香港本土新詩一個醒目的logo。〈一個窗口說些

什麼〉三節十六行，詩意在地而濃郁，第5行是神來之筆，若平凡又別有情味：「淹沒你的眼睛淹沒我的眼睛淹沒將軍澳」。全詩結構明晰，節奏鏗鏘，每節的起始如是安排：

一個窗口說些什麼？（第1行）
一個窗口又說些什麼？（第6行）
一個窗口再可說些什麼？（第11行）

詩的終結是：「聽天井簷篷幽幽點滴的雨聲／然後夜化成一條巨蟒／逐漸吞噬了我」，完全是詩家筆法。

取名《燭影浮生》，略感不宜。若易作「燭光」則旨趣殊異。燭光晚宴，相對紅顏，何等佳事，毋枉此生。可知漢字為詩，其精其妙都在斟詞酌句。所謂好詩，就是讓所有「字詞」尋到它們最合宜的位置。但如何判定字詞的位置合宜否。這是詩人要面對的一個大問題。字詞都有它的「邊界」，其在脫離生活而出現在作品（詩）時，原有邊界應有所拓寬。〈詠竹〉的「窗外叢叢綠籜新篁／室內便無塵俗」，古詞無縫融於今語。〈乘高鐵到廈門〉的「天空一大堆蓬鬆鬆的雲／一切無法捉住」，口語雅言混雜相生。〈黑寡婦〉的「陰影朦朧比漓漓的夜色更朦朧」，刻意重疊與錯置。〈枕頭對我的投訴〉的「你最好選擇枕著一片浮雲」，近取諸譬與

移形換影,等等,都是精彩的例子。既以燭為名,就不得不談談〈問燭・燭答〉一詩。先抄錄如後。

1.問燭

佇立在西窗你的台前
問我的命運如何
風來了你飄動倒顛空洞的影子
搖晃柔弱不定的火焰

曾經點燃的希望
流盡了淚便黯然熄滅
等待黎明化為灰燼
我已白髮不再少年

2.燭答

當深宵已臨窗外的燈火熄掉
我仍閃著自己的光芒色相
生命隨煙又如皂泡散飄破滅

燃盡所有的青春與芳華

風朝雪夜蒼涼半醒
漆暗如夢流乾了淚
天色微茫時
灰爐中有我永不消逝的情懷

　　此詩情懷至深，蒼顏白髮，孤館中獨對風燭。無人作伴，惟有問眼底微茫之光。詞斟句酌，顯示了詩人語言上另一種路數。詩家總是不拘一格，既有港味，復作風雅。詩壇有倡粵語（香港話）為詩，以示港味存焉，殊不知詞語之為媒介，傳情達意，只是詩之表層。蘊藉流風，港味懷抱其中矣。藏璧生於斯長於斯，歷盡大半世紀。其為詩，既有學，復以誠，自然存港味，創作出狹義上的「香港新詩」來。
　　香港詩壇中，「李藏璧」是個冷落了的名字。當中一個原因是緣於他低調的作風。網絡時代，人人喧嘩以求點擊率，以換浮名。不擅交際的總是立於下風之地。但這並不絲毫影響對他詩作的評價。如果這種冷落是緣於「詩壇的蔡京」，即是另一回事了。史載，宋徽宗時期的《宣和書譜》（指書法集）是官方編撰的藝術典籍。收錄了宋代以前著名的書法家的作品。北宋當時的藝術家只要

朋黨於蔡京，或不致於得罪他，都可以在書譜上留名。不事逢迎，不屑為黨的便統統被排斥於外。《宣和書譜》裡，我們便找不到蘇東坡和黃庭堅兩大書法家的名字。詩壇是名利場，自然有有霸權主義者，拿官方資源作惡妄為。但時間總是還優秀詩人以公道。李藏壁的詩不聞於當世，卻必被認可於後來。

（2022.7.5午後4:20將軍澳稻香茶居。）

消失吧，科倫娜
——蘇鳳詩集《2020封城》讀後

二零二三年伊始，瘟疫消退，各國的封城政策依序解除，社會一切逐漸回復正常。詩人在這非常的三年，定必有文字留下紀錄。其或抒寫個人情懷，或悲憫芸芸眾生，「茂林秋雨病相如」，詩歌反映時代，「瘟疫」遂成了熱門的詩歌題材。

旅加詩人蘇鳳漢法雙語詩集《2020封城》（2020 à huis-clos）電子版安靜地匿藏於電腦裡。詩集收錄了她在這個「把人類帶到深淵」的2020年間寫下的五十篇詩。全球性的瘟疫肆虐，確然是人類共有的境況。這些深淵中微弱的聲音，是一個心靈在直面人類苦難時的「吶喊」。

詩集裡的作品以「小調」的形式呈現，均為二十行以內的作品。只有〈拉回記憶——又見陽光〉有二十二行。所謂小調的白話詩，非以行數區分，指在音韻旋律上的一次性完整呈現，而不作重複。集內每首詩容或所寫的題材有異，在廣義上都都能反映封城一

消失吧，科倫娜——蘇鳳詩集《2020封城》讀後

年間詩人因其所見所聞而興起的感懷。一如〈自序〉裡所說：「寫詩的人冥想，往內照看實相。寫心，在額頭中央。聽其回溯那早古的聲流和律動，引進光的希冀，閉目凝望，而前自有光。」這既說明了每首詩歌精神內蘊的共通性，所有可見的實相無不歸於詩人冥想所得；也解釋了詩歌形式上傾向短章的原因，這種思想與事物的觸碰讓激情具有時效的局限，不能延長為中調。

〈世界還健在〉寫於疫情初發的2020.3.17，詩流露出對疫情的憂心忡忡。春天發芽，萬花競艷，而詩人只選一盆白杜鵑作祈福用：

> 門外一樹春芽／在醫院走廊，老人／靜靜地讀一本書／一位醫護者過來／臉帶微笑此時街上車少人稀／走過超市／裡面琳琅滿目／進去選一盆／白色杜鵑回家／點上祈福的燭光

緊接著的〈唱遍陽臺〉末處有：「擊退春天的敵人／消失吧，科倫娜！」。科倫娜是corona的音譯，指的就是新冠肺炎病毒。詩人都明白，直白的書寫只顯露出文字的軟弱，然而有時又不能不如此的尋求一種痛快，因為這種軟弱，往往又能顯露出詩人敢於對抗「強者」的螳臂擋車的勇氣。〈閉關〉寫於2020.11.25，世界基本上已進入全面封鎖狀態，詩人感到絕望，愁城自困，如楚囚相對。

讓人無拘無束的渡假天堂「沙灘」與「海島」恍若消失了。

> 疾病打破了幾座／愁城／春天暫住牆內／形影早已散去／作繭自縛的巢／蜘蛛般的網互通／每時的大爆炸／聽聽哪裡還有個／安全的沙灘／那裡還有浮動的／海島

〈2020年劇終〉以精準的語言，煅就生動的意象。異域冬天大雪，詩人佇立窗前，看這蒼茫大地，僅餘的枯樹與山影都別具含意：「雪輕撫過枯樹／可遠眺山斜斜的身影／仿若年尾的魚／陪天空徹夜梳整」，蒼天空洞而紊亂，是應該妝扮回復可親的容顏，下節順勢寫雪，寄託美願：「2020大花臉翻騰了天際／塗滿病欲驚恐死亡的臉譜／當雪前來覆蓋／融化黑了的夢魘」（頁96）。詩人避疫居家，徹夜不寐，當然沒有古人那種「日暮詩成天又雪」的浪漫情懷，只餘弗洛斯特〈雪夜林邊小駐〉（Stopping by Woods on a Snowy Evening）中「還要趕多少路才能安眠」的憂心！

2020年最後一天詩人寫下〈告別儀式以黑鳥〉。黑鳥當然是不祥的象徵物，其來臨的場景極為駭人。詩句渲染有加，從「視、聽、觸」三感帶給我們完全的絕望：「耳在房間裡聽到／呱呀呱呀／落在高聳的樹丫／百雙滑翔的黑翅／拍打了寂靜／霧雪沉沉的天上／無人早起　遠山早已感染／地球半壁恐已荒涼／黑鳥會聚此起

消失吧，科倫娜──蘇鳳詩集《2020封城》讀後

彼伏／響徹我耳。百啄之後……」然而最後三行，詩人點亮了行路的燈：

> 2020年最後／一道朝陽會是／明日藍天

波蘭詩人辛波絲卡（1923-2012）有名言：「我偏愛寫詩的荒謬，勝過不寫詩的荒謬。」（〈種種可能〉）瘟疫三年，各種意想不到的極度荒謬的事情就這樣大喇喇地出現在眼前，擊潰了一直以來我們所堅持的最後的一點善良，本已薄弱的道德之牆瞬間崩塌，人類文明走到一個陡峭的滑坡。一場瘟疫，讓我們體味到辛波絲卡這兩句詩深刻的意蘊。無論詩人的述說如何荒謬，都遠不及現實的荒謬來得意外和震驚，一如評論家對小說作者「現實比小說更為荒謬」的埋怨。這便是當下我們逃遁到詩裡的最大原因，而非「風花雪月」。時代愈是不堪，詩歌益見重要。詩人蘇鳳的詩，直面世間陰暗之餘，會為這種陰暗點上一盞行路之燈，最顯明的例子是〈至美〉：「在偌大的美國／沒處放得下一張／安靜的桌子之際／小鹿在綠茵／後院誕生／萬物照樣運行不息／沒有紛擾，大道至美／但願我們的愛／靜柔長存」（頁42）。詩題暗藏諷諭，美國因為槍枝泛濫，殺戮頻生，難覓淨土，然詩人筆鋒一轉，寫小鹿誕生，寄寓人間之愛的生生不息。這首詩可以看成是詩集裡一首「模具」（mold）作品。世界衛生組織（WHO）於2022.5.5公布了全球新冠

病毒死亡人數約1490萬例。為這個浩劫，詩人寄予〈祝福〉：「風的紛爭即將吹過／枝頭的疾病零落」（頁84）。

　　《2020封城》寫於2020.2.11-12.31間，出版於2021.5，編年為序，在瘟疫圍城的囚居生活中，詩人記下了她與瘟疫、與瘟疫之外共存的感懷，如此這本詩集便顯得特別有意義。

（2023.1.25午間婕樓。）

後記

詩歌語言營造幽暗之地

秀實

對詩歌我有兩個堅持：堅持語言的藝術性和堅持述說的止於細微。每一篇「製成品」，至少有其中一項。這是「品質保證」（QC）。

詩歌語言是有色彩、有溫度、有愛恨和具有各種情緒的，而非僅僅作為媒介用來傳遞思想。我討厭在詩句中出現的某些詞語，已累計有數十個之多。當我陷入創作的情緒中，在屏幕上出現「邂逅」「閨蜜」「小清新」「酒窩」等這些詞語，我便感到極其厭惡，馬上刪掉，換上另一個詞或作另外的表述。很奇怪，我卻能接受諸如「威蕤」「蒹葭」「淒切」等這些陳年的詞語。而有時為了要懲罰某個壞詞語，我會換上另一個不甚貼切的來替代它。這便是我創作中的「以詞害意」。有些詞語，一直以來我並不特別喜歡，視它如同一件擺設，卻在經歷某些生活後偏愛著，因為此時它是活

著的。

　　每個詩人最終都應該有他個人的「詩歌密碼」。這是作為詩歌語言的一個重要條件。語言都有它既定的功效，有它約定俗成的空間意義。我特別提出「語言空間」的概念，那並非詞語中方塊字的數目，而是詞語「邊界」的延伸。我甚至乎可以這樣定義詩歌：

　　詩歌是拓展語言空間的藝術。

　　詩歌並不是僅僅以「生活語言」（口語）來抒發個人的情緒。它總能抵達更遠處。語言的傳訊功能在詩中並不重要，它甚至可以簡化為一句原生的話語，如「我想念某人」，或「此是不倫之事」。一首詩的訊息量可以極少。（當訊息量增大時，便可能蛻變成散文詩或敘事詩。）傳統詩歌其中一個審美準則是：意境。白話詩中並不多見。如今優秀的詩人都通過意象語或作出極細微的書寫，讓語言的功能極大化。這當中有一個迷思：為何淺白的語言也能寫出精彩的作品！像這行詩：

　　愛與死亡是一組同義詞

　　這裡的每個字詞都淺白可解，述說著某種生命的哲思。說詩與

非詩都無不可。我偏向是詩,其中一個原因是,「愛」在這裡已非被生活語言所濫用了的意思。而是劍指這般述說:愛讓我的昔日死亡,並暗喻生命的存在。當然一經箋注,便是百分百的詩句。可見能讓生活語言成為詩句,當中的一個關鍵是:語境。語境便即詩人對某些事物的「箋注」,也是詞語組合產生的「化學作用」。順帶一說,幾行的詩並不容易營造出詩人想要的語境。以室內設計作譬喻,就好比公寓單間,並不容易造出借山借水的園林美景來。

近日慈善團體「香港有品」約寫三行詩配以畫家之作,用以鼓勵抗疫中的前線人員和病患者。我寫了十四首,這是其中一首:

　　神關上了玄武門
　　給我打開的是
　　朱雀門

按台灣詩壇當下的習慣,此詩被稱為「截句」。三行共17字。我以三個層級來解說此詩的「語言」。第一層級是,平常的生活語言,其意念直接轉化自英文諺語:When God closes a door, he must open another window. 即我們常用以安慰失意者的「天無絕人之路」的意思。一般讀者都能讀懂,這個層級的讀者最多。第二層級是詩裡的歷史詞語「玄武門」與「朱雀門」。讓詩歌在生活語言之外更

含有歷史賦予的意蘊。兩個都是唐朝長安城的城門。玄武為正北門，朱雀為正南門。歷史上的「玄武門之變」為人熟知，那是一段驚心動魄的宮廷鬥爭，代表了動亂。朱雀門的歷史典事人們比較陌生。隋軍俘虜陳後主班師回朝日，隋文帝楊堅便是站在朱雀城門迎接大軍凱旋。朱雀門見證了天下一統，拉開了隋唐盛世的序幕。中唐詩人韓愈七絕〈早春呈水部張十八員外〉：「天街小雨潤如酥，草色遙看近卻無。最是一年春好處，絕勝煙柳滿皇都。」寫的便是初春時節，從朱雀門上眺望長安城的景色。朱雀門便即寄寓了這美好與詩意。認真的讀者便能從這僅僅的十餘字中收穫更豐厚的內容。這個層級的讀者已不多。

　　第三層級是「語言密碼」。這首詩的密碼在「朱雀」一詞。理想的創作情況應該是，作者在作品中設置密碼，同時提供破解密碼的鑰匙。這首詩的鑰匙是第一個字「神」。既暗示密碼可經由神話角度去破解，也可以表示生命中的茫然不知。有關朱雀的神話極豐富。古籍中如《淮南子》、《風俗通義》、《葛洪神仙傳》等均有記載。最為驚心動魄的是：朱雀之氣騰而為天，朱雀之質降而成地。這是朱雀單獨創世的神話記載。當然這種古代神話背後的現代意義，埋藏得極深，而必有所指。這屬於詩人的秘密，而以詩歌的方式來述說。這個層級的讀者極可能只有作者一個，或樂觀的認為也有寥寥幾個知音。當然也不能排除在茫茫的未來中，會意外的有

讀者撿到鎖鑰,打開密碼,進入這首詩歌的「幽暗之地」。

詩歌寫作是語言的冒險。古人寫詩,在嚴謹的格律規限中仍曲盡詞語之美,呈現出極高的文字藝術。白話解放了格律,任意分行中詩人得謹慎而行。法國語言大師福柯(Michel Foucault,1926-1984)這樣說:「語言內部存在著這奇怪的東西,語言的這種形構,他停留於自身,一動不動。建構了它自身的一個空間,並在那個空間中持有喃喃低語的流動,喃喃低語中加厚了符號和詞語的透明度,並因此建立了某一個不透明的體積,很可能是謎一般的,而正是那樣的東西構成一部文學作品。」(見〈甚麼是文學〉,刊《文字即垃圾——危機之後的文學》,福柯等著,趙子龍等譯。四川:重慶大學出版社。2016年。頁83。)可見詩歌創作是一條通往藝術之路,而非生產市場內的商品。

附錄

止微室談詩／秀實

　　白話分行易　　為詩一辯難　　畫龍欺聖殿　　逐鹿驚微瀾
　　賞萼憐清影　　品詩棄冕冠　　望穿秋水至　　幽暗地孤寒

　　（記）《止微室談詩》五卷，是我歷年以來的讀詩心得。第一卷《為詩一辯》2016年，第二卷《畫龍逐鹿》2017年，第三卷《望穿秋水》2020年，第四卷《賞花賞詩》2021年，第五卷《幽暗之地》2022年。均由台北秀威資訊科技股份有限公司出版。今年（2024）出版第六卷《被狩獵》。

被狩獵／秀實

　　刈割文辭舊復新　　孤燈映照未眠人

彎弓狩獵昂揚志　狩獵彎弓佝僂身
　　榻畔舊情愁若兔　簷間秋雨噪如鶉
　　如今放眼繁花外　換了人間不是春

（記）今年（2024）的止微室談詩第六卷《被狩獵》，仍由台北秀威資訊科技股份有限公司出版。

（2024.8.16早上9:25水丰尚。）

秀威經典　　　　語言文學類　PG3123　新視野74

被狩獵
——止微室談詩

作　　　者 / 秀　實
責任編輯 / 莊祐晴
圖文排版 / 黃莉珊
封面設計 / 李孟瑾

出版策劃 / 秀威經典
發 行 人 / 宋政坤
法律顧問 / 毛國樑　律師
印製發行 / 秀威資訊科技股份有限公司
　　　　　114台北市內湖區瑞光路76巷65號1樓
　　　　　電話：+886-2-2796-3638　傳真：+886-2-2796-1377
　　　　　http://www.showwe.com.tw
劃撥帳號 / 19563868　戶名：秀威資訊科技股份有限公司
　　　　　讀者服務信箱：service@showwe.com.tw
展售門市 / 國家書店（松江門市）
　　　　　104台北市中山區松江路209號1樓
　　　　　電話：+886-2-2518-0207　傳真：+886-2-2518-0778
網路訂購 / 秀威網路書店：https://store.showwe.tw
　　　　　國家網路書店：https://www.govbooks.com.tw

2024年11月　BOD一版
定價：250元
版權所有　翻印必究
本書如有缺頁、破損或裝訂錯誤，請寄回更換

Copyright©2024 by Showwe Information Co., Ltd.
Printed in Taiwan
All Rights Reserved

讀者回函卡

國家圖書館出版品預行編目

被狩獵：止微室談詩 / 秀實著. -- 一
版. -- 臺北市：秀威經典, 2024.11
　　面；　公分. -- (語言文學類；
PG3123)(新視野；74)
　BOD版
　ISBN 978-626-99011-1-1(平裝)

1.CST: 新詩 2.CST: 詩評

863.21　　　　　　　113016357